翻刻
脚注

白根草

目次

はじめに

綿抜豊昭

本書は、二〇二三年七月二十日にご逝去された大西紀夫氏が、最後におまとめになられた原稿をもとに編まれたものである。

大西氏より、「『白根草』を出すことにしました」「桂書房の社長から連絡があると思います」「よろしくお願いします」旨の、二〇二三年六月三十日付けのお手紙をいただいたのは七月になってからである。

大西氏とは、富山女子短期大学（国文専攻）に、同じ時期に就職し、その後、継続的に懇意にしていただいていた。大西氏は、豊かな郷土愛のもと、散逸しつつある越中・富山関連の俳書等を精力的に収集され、私は連歌に興味を持っていたので、話題がつきることはなかった。「越中俳諧史をお書きになっていただけませんか」とは何度もお願いしたのだが、「集める方が楽しい」と笑っておっしゃっていた。その大西氏が本を出版したいとされたのには、正直驚いた。死期を察して、よほど思われるところがあったのであろう。

大西氏が収集された郷土資料等は「大西文庫」として、富山県立図書館におさめられたのだが、その俳書の評価者の一人として大西氏は私を任命してくださった。富山県立図書館で俳書等の実見のおりには、わざわざおいで下さり、帰りに太田久夫氏とともに閑談したのが直接お会いした最後になった。

さて、二〇一五年七月、大西氏は『白根草』を入手された。俳文学会の全国大会が大垣で開催されたおりにお会いし、私にも、そのコピーを下さり、「自由に使っていいよ」とおっしゃって下さった。当時、「小松市史」にかかわっていたので、『加南地方史研究』第六三号（二〇一六年三月）に「新出の『白根草』について」を発表させていただいたところ、大西氏にはたいへん喜んでいただいた。こうしたことがあって今回「よろしく」と言われたのかと思う。

大西氏のご逝去は、富山女子短期大学につとめていたときの教え子廣野裕子氏からｍａｉｌで知らせていただいた。そのｍａｉｌには「大西先生には卒業後もたいへんお世話になりました」などと思い出がつづられていた。大西氏の仁徳がしのばれる。

その後、桂書房勝山敏一社長からｍａｉｌをいただいた。それによると、二〇二三年七月はじめ、大西氏は、書誌事項と翻刻と注、そして綿抜の前掲稿のコピーを勝山社長に渡され、生前の刊行をお願いしていたとのことである。大西氏が勝山氏といかに親しかったかがうかがわれよう。しかし、さすがに二〇日間ほどで出版するのは無理であった。その後、勝山社長は、ご遺族とご相談され、あらためて出版にむけてことを進めることになった。

勝山社長より出版についてｍａｉｌをいただいた私は、大西氏の事跡が後世に伝わるように、業績等をまとめて欲しいとお願いしたところ、おまとめくださった。また『加南地方史研究』の拙稿は、小松地方の資料として書いたものなので、本書にふさわしくないと考え、あらたに「はじめに」を書かせていただくことにした。結果、大西氏が、当初、桂書房に渡されたものとは異なることになる。その責任を負うために「共編」として私の名を入れていただくことにした。

八月十九日に「翻刻と注」の初校ゲラを受け取った。大西氏の原稿に、私が手を入れることは避けたかったが、ご体調がさぞかし悪かったのであろう、「注」に誤字があったり、表記の仕方等が不統一であったので、そうした点には手を入れさせていただいた。大西氏に、原稿執筆や校正の時間がもう少し残っていたならば、と思うことしきりである。

○

最後に、『白根草』の価値を述べておく。

昭和十一年に石川県図書館協会より刊行された『加越能古俳書大観』の「解説」で日置謙氏は「加越能古俳書中現存の最古のものである」と述べた。その後およそ九〇年たつが、『白根草』より古い「加越能の俳書」は発見されていない。すなわち日置氏の評価は変わるものではない。

『加越能古俳書大観』に翻刻された『白根草』は一部であった。大西氏が入手されたものは翻刻のない「巻一・二」であるが、まだ全巻が揃ったわけではない。しかし、「巻一・二」は重要な意味を持つ。

その一つは「序文」があり、編者自身で成立事情が記されていることである。次に巻頭におかれた句が

三物や富士立山にしらね句作《クサ》　御

であることがわかる点である。編集物の巻頭・巻尾は、その編集物を俯瞰的にみるにあたって重要な情報を提供していることが多い。『白根草』も同様である。

「御」は「白根草句数」に「山城国　京　御一句」とある人であろう。姓名が記されず、「御」とあるだけなので、かなり高貴な人の句ということになる。おそらく友琴の依頼によって詠まれた挨拶の句で、「しらね」（白根）が詠み込まれている。編者周辺の人々の句を集めた、グループ性に富む句集ではなく、こうした権威付けがなされる、全国的に見劣りのしない句集が編まれたということがわかる。

また二句目の

御代は延喜承平ぞめやきそ初　明是

は、独立した句とも考えられるが、御所のある京の「御」の挨拶に応えて、「御代は延喜」と「延喜の治」を出し、「承平」（平和の続くこと）と「正平染」（加賀染）を掛けて続け、「着衣初」と季語で結んでいるのではなかろうか。とすれば、「御」の挨拶に応えた「明是」という句作者の加賀俳諧グループでの位置づけが重要なものであったことがうかがわれる。

また四句目の

書初や賦難波がたよろづよし　大坂　梅翁

は、あらためて述べるまでもなく近世文学史上看過できない西山宗因の句である。宗因が句を寄せていることは注目してよいだろう。なお、書初めの「賦難波潟」はすべて「良し」、「難波潟」はすべて「葦（よし）」（が生えている）と掛けて詠むところなどは、言語遊

戯としてよくできている。
地域資料として注目される句も少なくない。

鮴をよぶや川瀬の石を拾あげ　一烟

かつて加賀料理の代表的な一品であった鮴は、「ごり呼び」といわれる獲り方で有名であった。『加賀染』にも「ごり呼び」を詠じた句はあるが、それよりもはやい時期に詠まれた句となる。

反古張は黒づくりかもいかのぼり　初吟

富山県の代表的郷土料理に「烏賊の黒作り」がある。『毛吹草』に「能登」「烏賊黒漬」とあり、右の句作者「初吟」は能登国宇出津の人である。江戸時代はじめ、加越能の漁師町ならどこでも作ったが、その中でも能登のものが有名であったのか、能登での作り方が富山に伝播したのか、「黒作り」を考えるにあたって無視できない文献資料である。

むろんこの他にもあるが、ここで一つ一つとりあげることはできない。『白根草』は神戸友琴の両親への追善集であるが、今後、『白根草』が活用されることが、大西氏への追善になると信じている。

白根草上

書誌

書型　中本一冊。縦一九・九×横一三・七（糎）。
表紙　布目地。朽葉色。
題簽　仮題簽　中央「志羅年草」
内題　白根草題目録、白根草巻第一
柱　白上一～（白上六三終）。
　序　毎八行一丁半。本文六一丁半。計六三丁。
序　識趣斎友琴　延宝八庚申歳猶賓模写
刊記　なし。
行数　序　毎半葉八行。本文　毎半葉八行。
底本　富山県立図書館　大西文庫蔵
総句数　六四四句。（うち春　四〇八句、夏　二三六句）
四季類題別発句集

※上巻、白根草　春部と夏部　春部にははじめに「白根草題目録／春部」として五二の題を挙げる。夏部にははじめに「白根草題目録／夏部」として、四五の題を載せる。
このことから、中巻一冊は秋部と冬部の発句集、下巻一冊は付合撰集であろう。四冊目が付篇に当たり、今日確認出来るもので、『加越能古俳書大観』所収である。内容は追善集・友琴追善独吟四四句・句引である。したがって『白根集』は、上・中・下と付篇合せて中本四冊である。

例言

一、基本的に表記は底本のままとし、漢字と仮名の当て換えなどはしなかった。

二、読解の便宜を図って、濁点を付した。又序文には句読点を付した。

三、『加越能古俳書大観』所載の「白根草句数」から俳者の出身地と名前を補った。

補記は、初出に限られる場合と、繰り返し補われる場合があるが統一しなかった。又、本文と「句数」とでは表記などが異なるものがあるが、紙面の都合で注記しなかった。（綿抜）

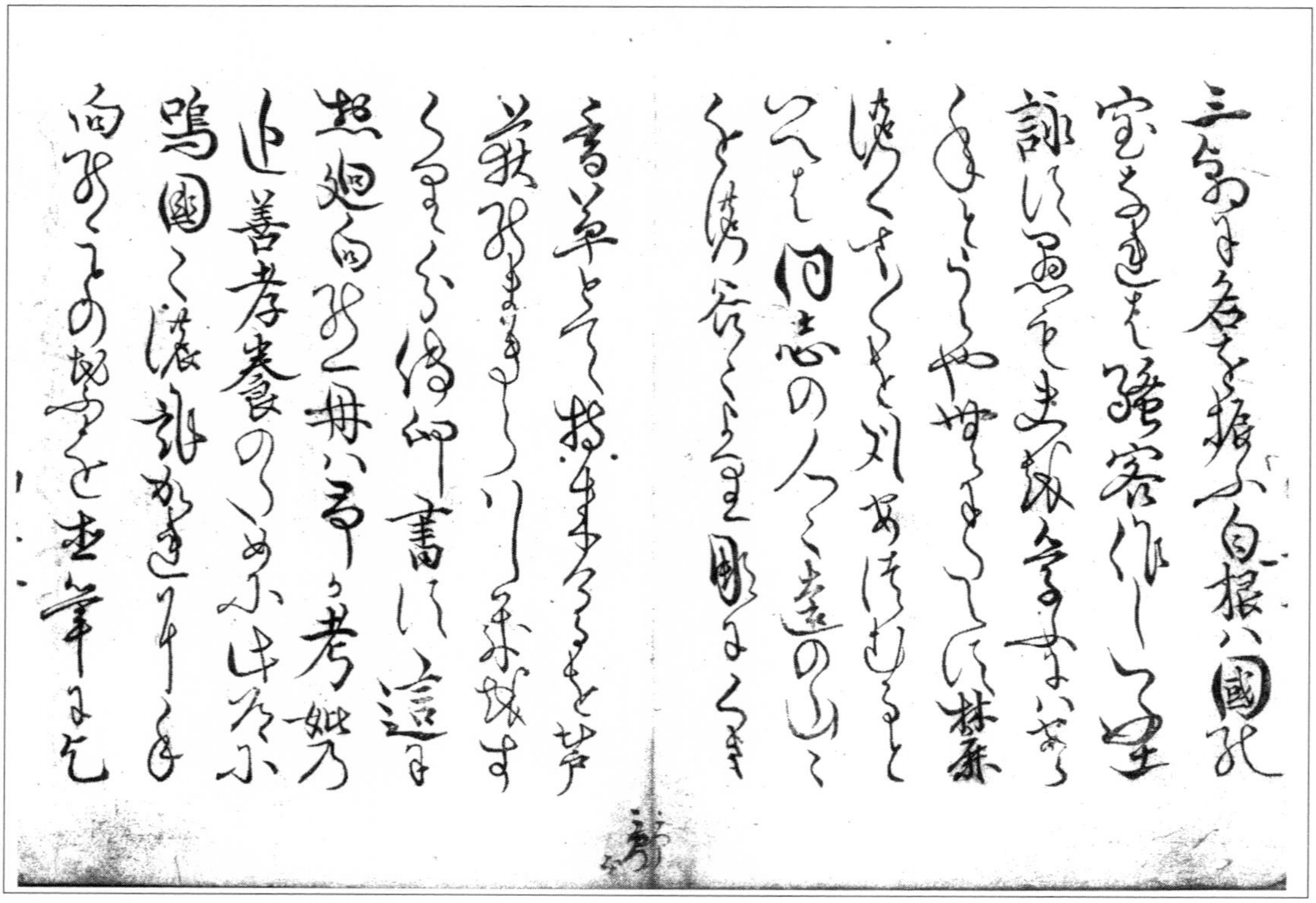

序

三朝に名を振ふ白根は國の宝なれば騒客作し好士詠ず。愚も夫を学ぶにはあらねどうらやむにたらず、麓のくさぐ〜を刈あつむるといへば同志の人々遠の山々近の谷々よりなにくさ香草とて持来けるを芦荻のまぎらはしきをすぐり分て印書す。這に惣廻向の一冊は予が考妣の追善孝養のために此道に鳴國々の誰かれに手向のことの葉を直筆に乞

芦荻のまぎらはしきを
難波の葦は伊勢の浜荻（難波で葦と呼ぶ草を伊勢では浜荻と呼ぶ。物の名や、風俗・習慣などは、土地によって違うことのたとえ）をふまえる。

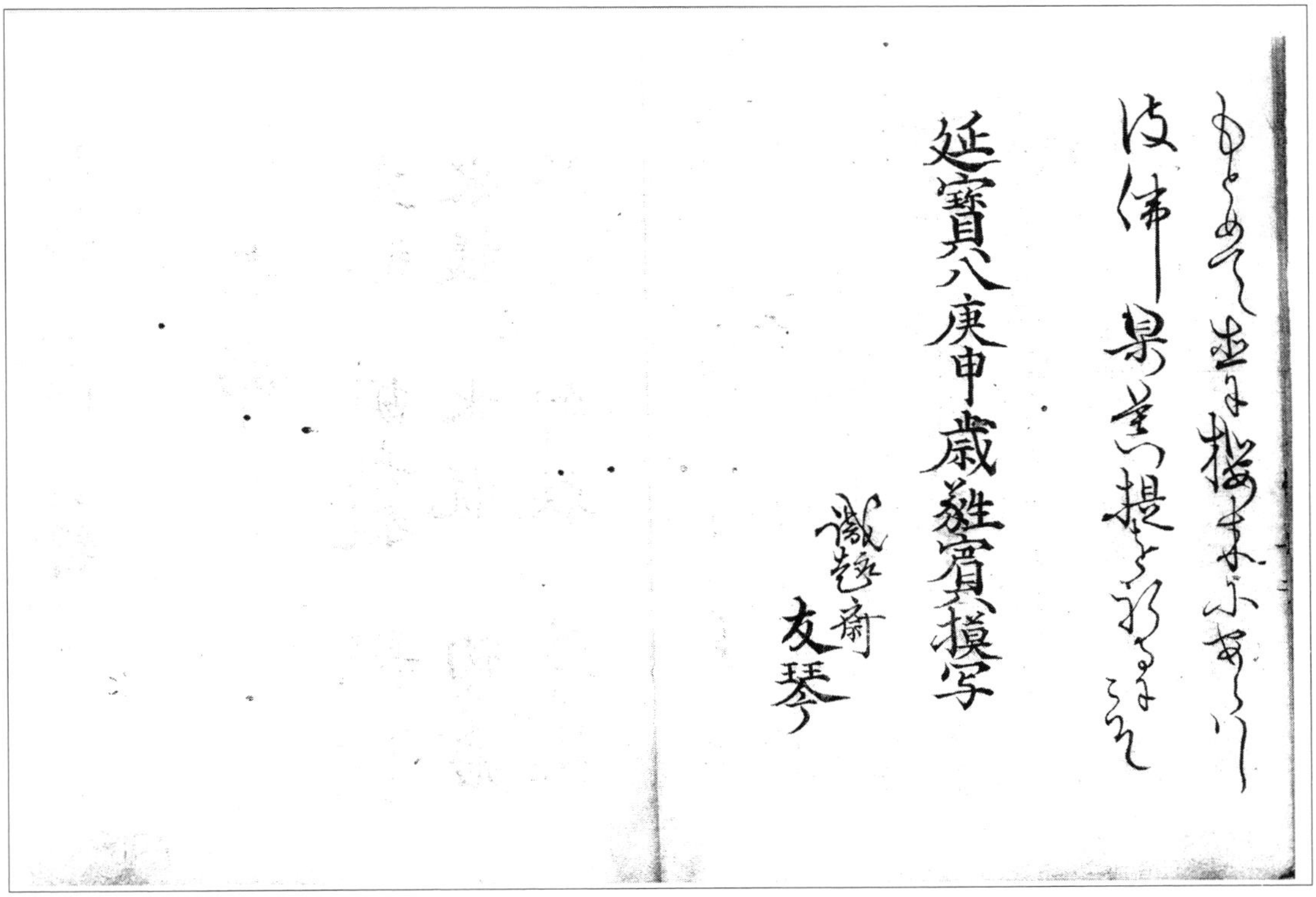

もとめて直に桜木にあらはし
彼佛果菩提を祈るにこそ
延寶八庚申歳甤賓模写
識趣斎
友琴

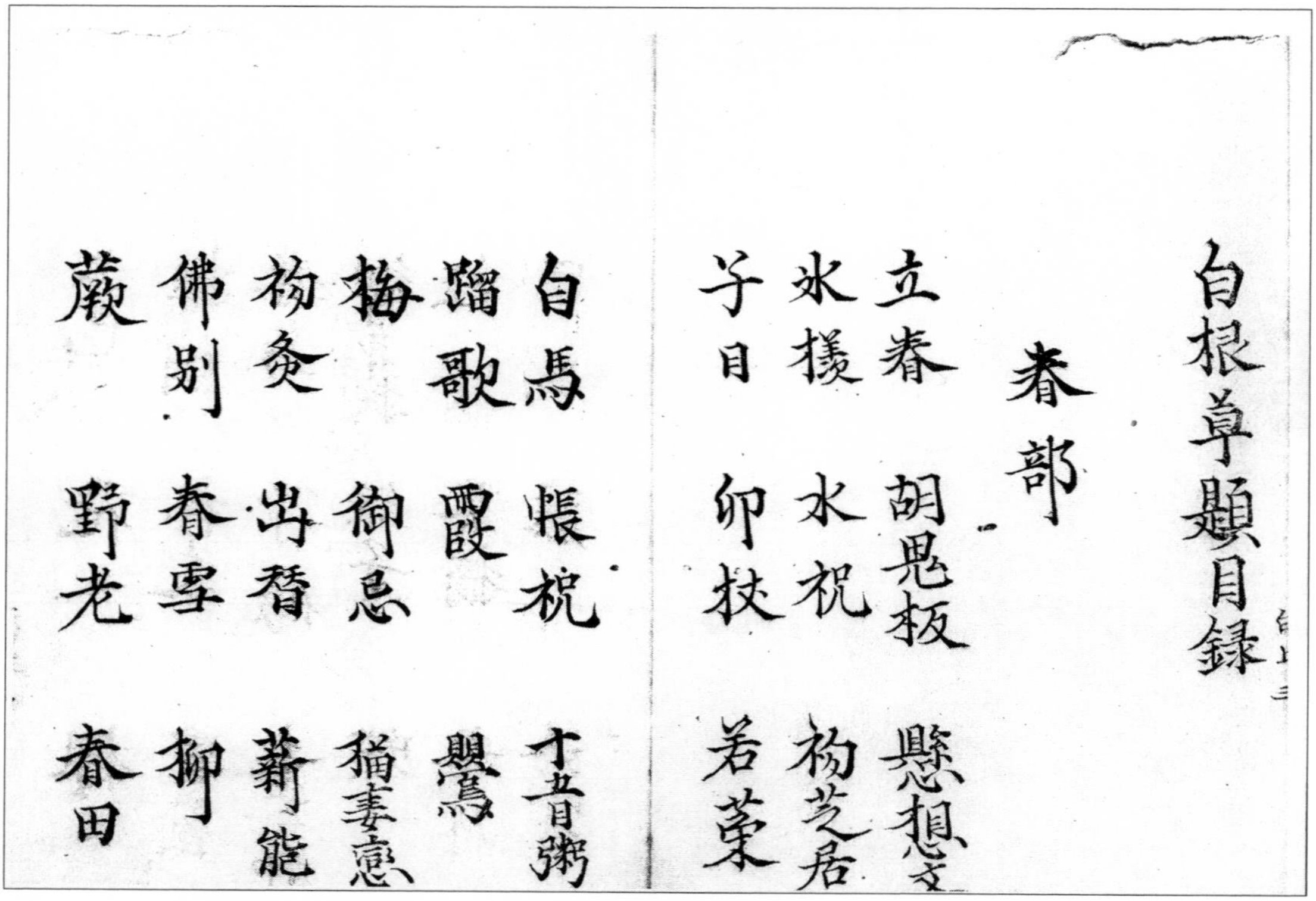

白根草題目録

春部

立春　胡鬼板　懸想文
氷様　水祝　初芝居
子日　卯杖　若菜
白馬　帳祝　十五日粥
踏歌　霞　鷽
梅　御忌　猫妻戀
初灸　出替　薪能
佛別　春雪　柳
蕨　野老　春田

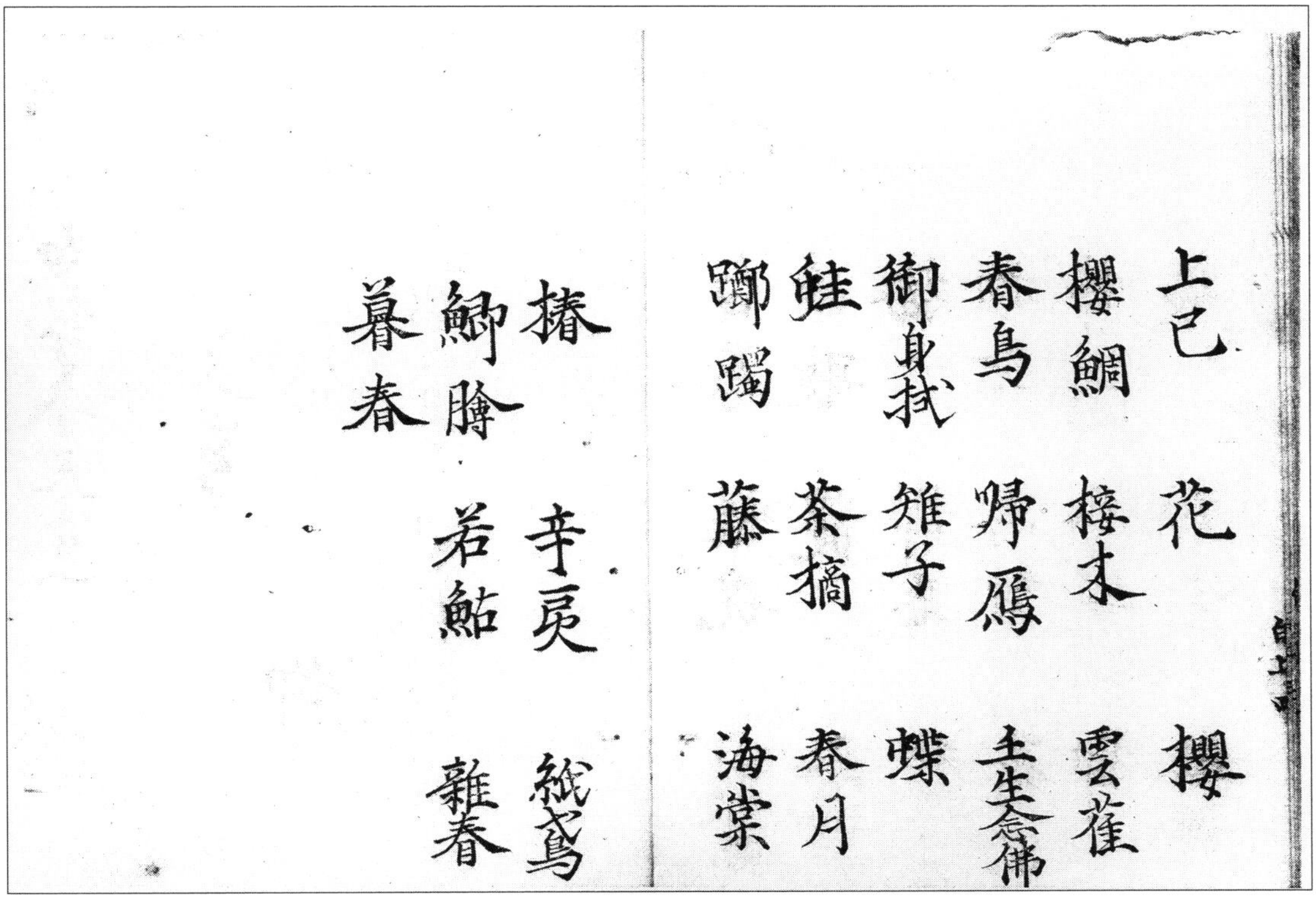

上巳　花　櫻
櫻鯛　接木　雲雀
春鳥　帰鴈　壬生念佛
御身拭　雉子　蝶
蛙　茶摘　春月
躑躅　藤　海棠

椿　辛夷　紙鳶
鯽膾　若鮎　雑春
暮春

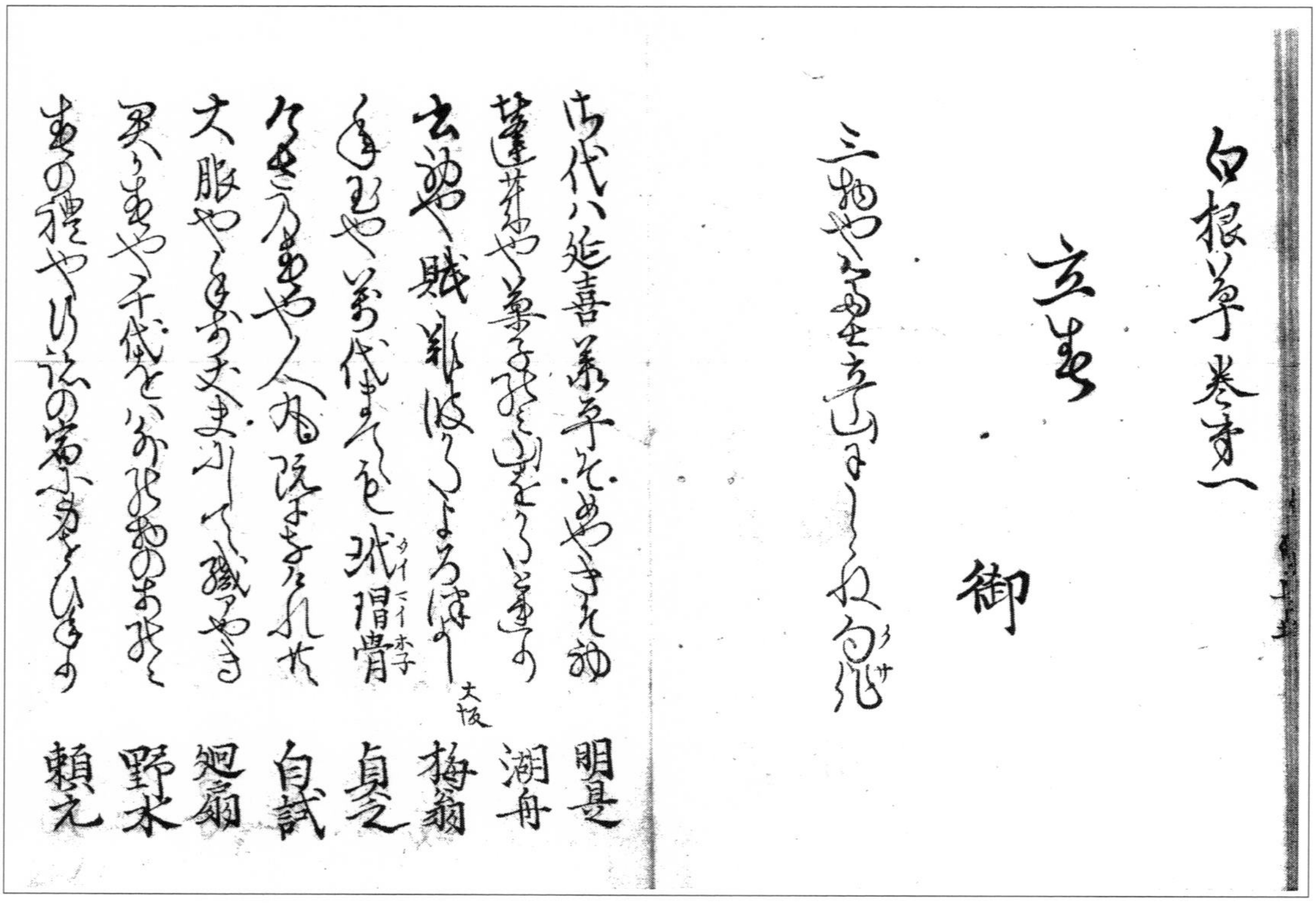

白根草巻第一

立春

三物や富士立山にしらね句作《クサ》

御

御代は延喜承平ぞめやきぞ初　明是（金沢　藤井）

蓬莱や菓子のみ山をかたどれり　湖舟（松任　高桑）

書初や賦難波がたよろづよし　大坂　梅翁（西山）

年玉や萬代までも玳瑁骨《タイマイボネ》　貞之（京　谷遊軒）

けさの春や人丸阮子なけれ共　白試（金沢　岩根）

大服や手前丈夫にして織部やき　廻扇（金沢　森下）

君が春や千代をば外の物のあと　野水（金沢　小川）

春の禮や行跡の宿に身をひねり　頼元（金沢　　）

賦　詩歌を作る。

玳瑁骨　甲がべっこうとして細工物の材料とされる海生ガメ。

大服　おおぶく。元旦にその年の悪気をはらうため、若水の湯に梅干・黒豆・山椒などを入れて飲む茶。

織部やき　千利休の弟子で茶人「古田織部」の名に因んだやきもの。

外の物　外物《とのもの》。どのような時でも、自らを外に置く気で、いつ襲われてもおかしくない状況に身を置く武士の思想。

春の禮　新年の祝詞を述べるために、親戚・知人・近隣を訪問すること。

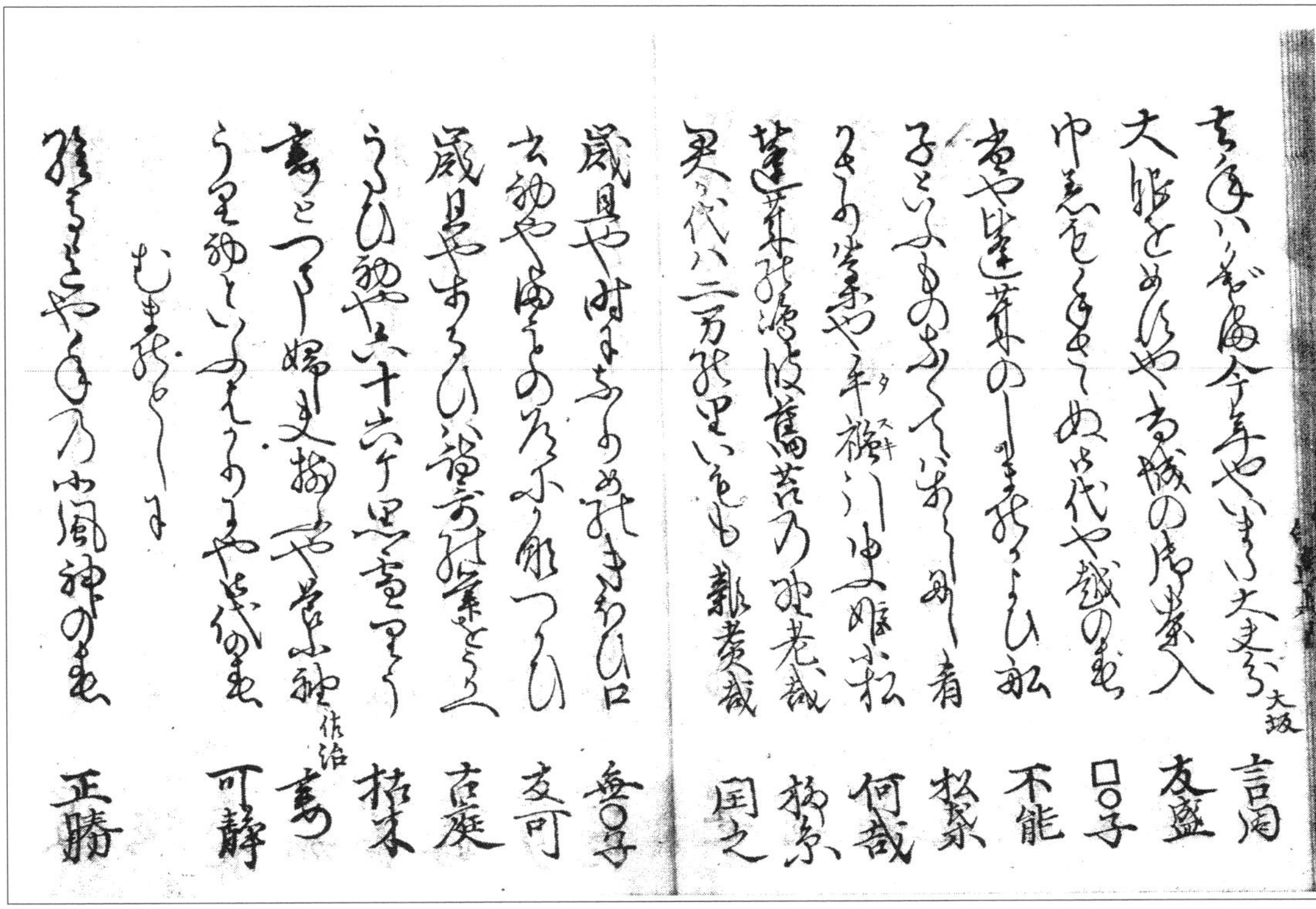

去年はかげま今年やいまだ大夫分　大坂　言因
大服をめすや当城の御茶入　友盛（金沢　砂川）
巾着も手ざゝぬ御代や越の春　□〇子（金沢　スノサキ）
盃や蓬莱のしまのかよひ舩　不能（能州　□田中）
子といふものなくてはあらじにし肴　松葉（金沢　立花）
かざり藁や手繦《タスキ》引ゆふ姫小松　何哉（金沢　小林）
蓬莱の嶋波舊苔の野老哉　柳糸（金沢　村沢）
君が代は二万の里いもも雑煮哉　閏之（宮腰　杉野）

かげま　陰間。江戸時代に茶屋などで客を相手に男色を売った男娼の総称。
巾着　「巾着切り」または「巾着女」のことか。
姫小松　ゴヨウマツの別名。小さい松。
舊苔　年月を経た苔。
野老　ヤマノイモ科の蔓性《つるせい》の多年草。原野に自生。葉は心臓形で先がとがり、互生する。雌雄異株。夏、淡緑色の小花を穂状につける。根茎にひげ根が多く、これを老人のひげにたとえて野老《やろう》とよび、正月の飾りに用い長寿を祝う。根茎をあく抜きして食用にすることもある。

歳旦や時になりめのきほひ口　無〇子（金沢　文瀬）
書初やまことの道にかなづかひ　友可（金沢　笹田）
歳旦やあるひは詩哥の筆をうかべ　古庭（金沢　藤丸）
うたひ初や六十六ケ黒雪りう　枯木（金沢　沢井）
妻とつま婦夫揃ふや節小袖　佐治　妻（江戸）
うり初といふばかりにや御代の春　可静（金沢　市中軒）
　むまのとしに
絵馬迄や年の北風神の春　正勝（金沢　稲川）

きほひ口　競ひ口。勢いののったとき。調子づいたはずみ。
節小袖　正月の節振る舞いに着用する小袖。せつこそで。

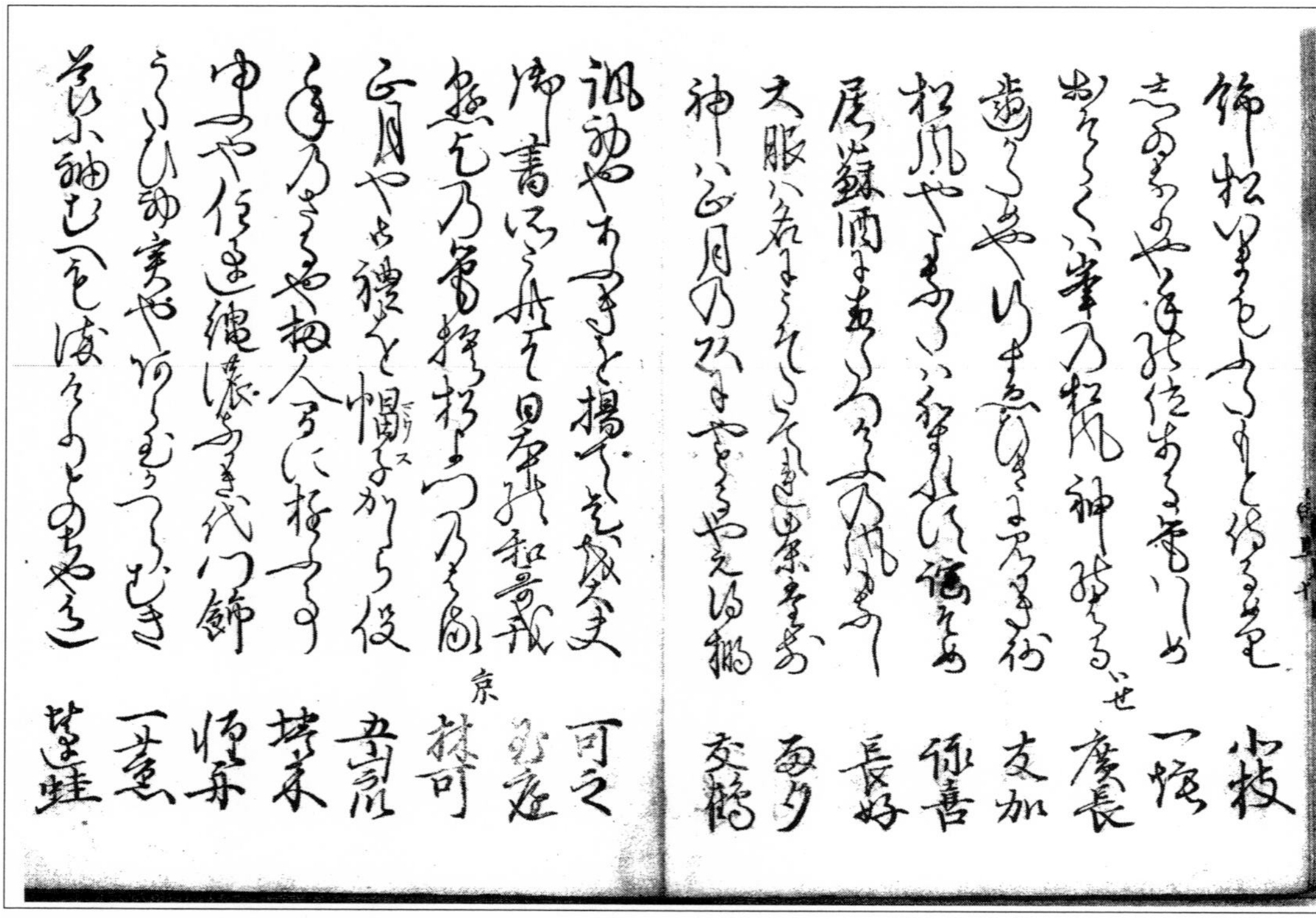

飾松いまもふたもと侍るめり　北枝（金沢　土井）
しゐなりや手の位ある筆はじめ　一煙（金沢　宇野）
おそらくは峯の松風神のはる　廣長（上田）
歯がためや行すゑひざにみがき砂　いせ　友加（勢州山田
金沢　生駒）
松風やこなたはわすれず謡ぞめ　詠喜（金沢　興津）
屠蘇酒に春たつけふの風もなし　長好（金沢　加藤）
大服は名にこそたてれ茶堂前　雨夕（金沢　藤井）
神は正月の頭にやどるやえ得棚　友鶴（金沢　三原）

歯がため　歯固め。般には元日に歯の根を固めて一年中健康であることを祈念して固い食物を食べる行事。
みがき砂　歯磨き粉。
松風　能のひとつ。
名にこそたてれ　評判ですが。「あだなりと名にこそたてれ桜花年にまれなる人も待ちけり」（『古今集』六二よみ人しらず）。
茶堂　貴人に仕えて茶事をつかさどった茶の師匠。安土桃山時代に利休・津田宗及らが信長・秀吉の茶頭を務め、江戸時代には各藩にも茶道方という職掌ができた。禅院ではちゃじゅうと読んだ。茶頭、茶道とも書く。

諷初やあふぎを揚て是越太夫　可之（金沢　藤田）
御書所これぞ日本の和哥戎　玉庭（金沢　荒城）
懸乞の筆捨松よ門のはる　京　林可（中野）
正月や御禮を帽子《もうす》かしら役　五山衆（京）
年のさるや扨人間に遊ぶ事　捲木（金沢　岸）
ゆふや注連縄のながき代門飾　軽舟（金沢　松沢）
うたひ初実やあらむかつらむき　一薫（松任　橋本）
節小袖むべも染けりとのちや色　蓮蛙（滑川　桐沢）

越太夫　義太夫節の太夫。
御書所　平安時代、宮中の書物を管理した役所。
和哥戎　若戎に掛けたか。江戸時代、京阪地方で元日の朝売って歩く夷神の御札。
懸乞　掛乞。江戸時代、節季に掛売の代金を取り立てたこと。またその人。
筆捨松　海南市にあり。いわれのある松。
帽子　もうす。僧侶のかぶる一種の頭巾。
かつらむき　薄く同じ幅に切っていく切り方で、刺身のつまなどに使われる。
とのちや色　「殿茶色」と「礪茶色」があるが、後者か。

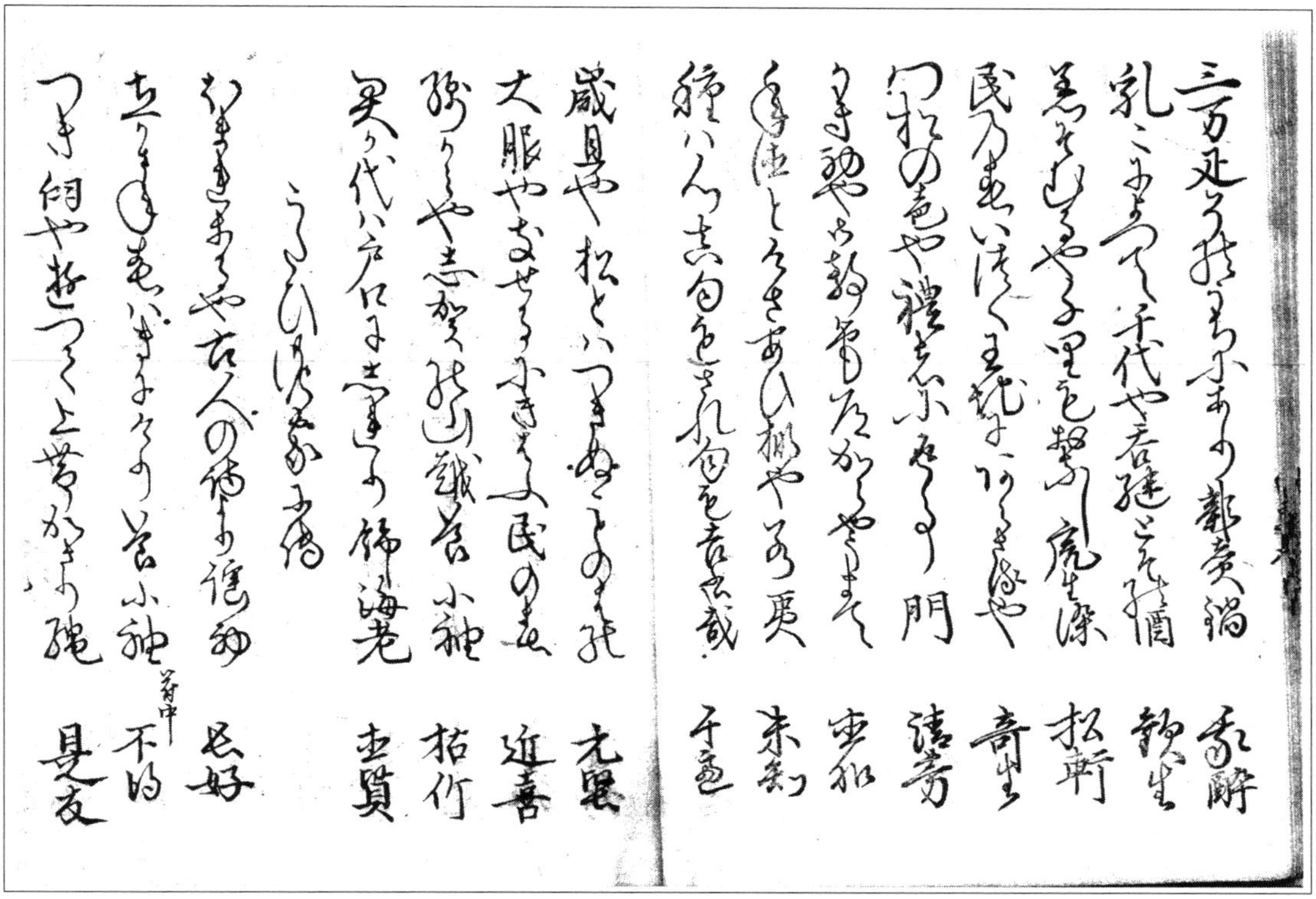

三万正そのうちにあり雑煮鍋　我酔（小松　麻間子）
乳々によつて千代や呑継とその酒　歓生（小松　堤）
着そむるや千里もおなじ虎生染　松軒（金沢　森）
民の春いづく王地にあらざるや　奇生（金沢　松元）
門松の声や禮者に返事門　清芳（滑川懸所　岡本）
かき初や御静筆道からやうまで　直和（能州　鍋谷）
年徳とけさあひ棚や若夷　未知（金沢　藤井）
種は心真句もざれ句も吉書哉　千慮（京　ミキ）

年徳　歳徳神《としとくじん》。その年の福徳を司る神。
ざれ句　戯れ句。こっけいな内容の句。また、たわむれに作った句。狂句。
吉書　書き初め。

歳旦や松とはつきぬことのはの　元堅（金沢　笹田）
大服やきせるにぎはふ民の春　近喜（金沢　江尻）
綿がみや志賀の山越節小袖　枯竹（金沢　岩崎）
君が代は戸口にしれり飾海老　直賢（金沢　竹林軒）
　うたひの家にて
ほまれあるや古人の詩より謡初　長好（金沢　加藤）
立かさね春はきにけり節小袖　府中　不得（福井　五十嵐）
つき臼やゆつて上帯かざり縄　是友（金沢　小倉）

松とはつきぬことのはの　ツレ「松とはつきぬ言の葉の」シテ「栄えは古今相同じと」（『高砂』）
綿がみ　綿紙。楮皮で造った紙は良質なもので、縦にさくと木綿糸のようであり〈綿紙〉という。
上帯　表帯。着物の最も外側に締める帯。
かざり縄　飾り縄。正月、門・戸口・神棚などに魔よけのために張るしめ飾り。年縄《としなわ》。

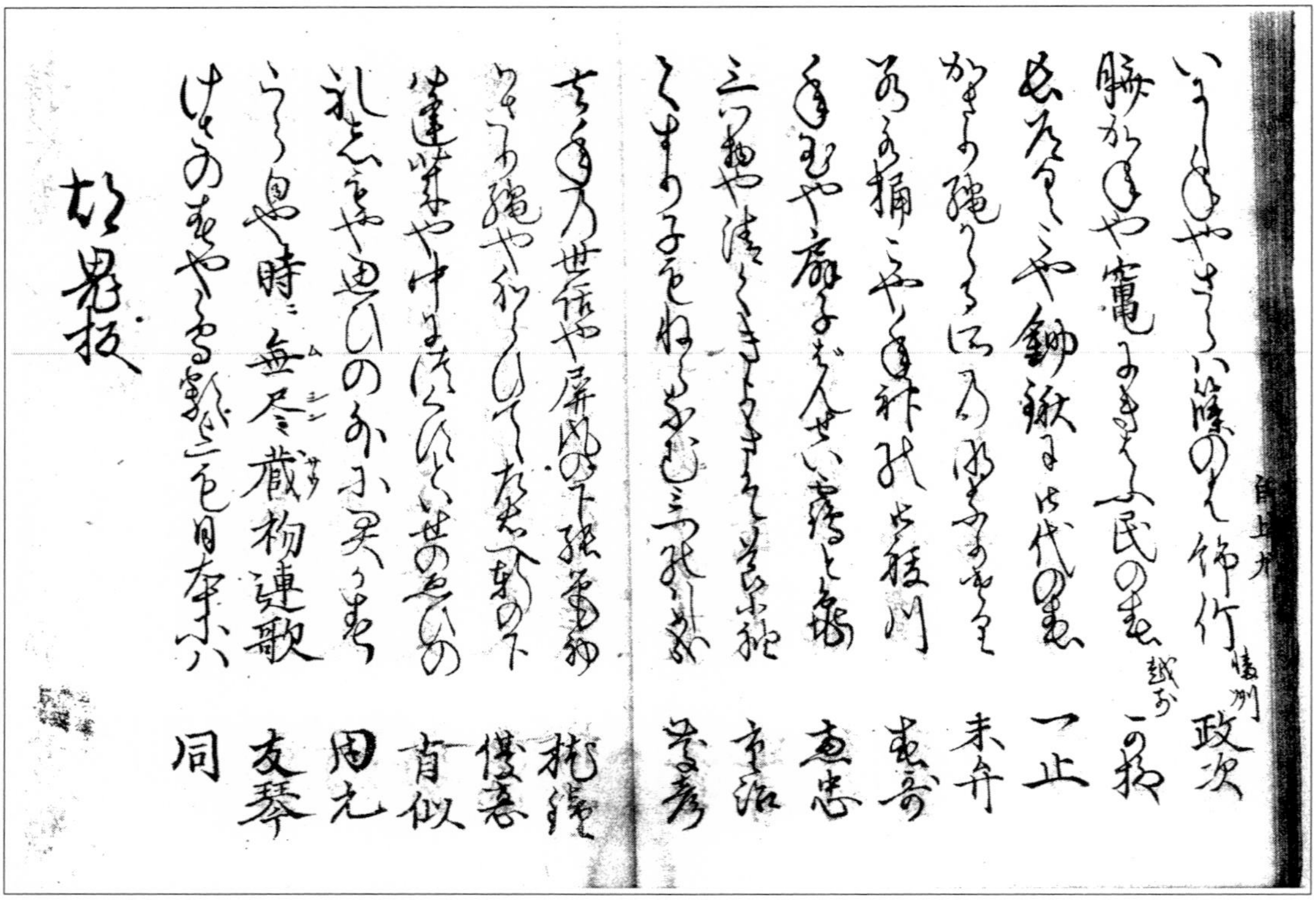

いにし年やさらば篠のは飾竹　播州　政次（国府寺）
臍がねや竈にぎはふ民の春　越前　可柳（中井）
長道具こや鋤鍬に御代の春　一止
かざり縄か丶る所の明なりけり　未弁（金沢　飯山）
若水桶こや年神の御祓川　春哥（能州穴水　高橋）
年玉や扇子ばんせい鶴と亀　恵忠（宮腰　岡野）
三ツ物や清くきよきぞ節小袖　重治（能州七尾　八田）
くすり子もねらなむ三つのはじめ哉　慶彦（勢州山田　度會）

臍がね　へそくり。
こや年神　天児屋根命《あめこやねのみこと》は、高天原で専ら祭祀をつかさどる興台産霊神《こことむすびのかみ》、天照大神の子で、天照大神の侍臣として仕えていた。
ばんせい　万世。
くすり子　元旦に宮中で屠蘇を試しする少女。「元三のくすり子」（『枕草子』）。

去年の世話や屏風の下張筆初　枕鐘（金沢　北尾）
かざり縄やわらひて左右へ軒の下　優意（金沢　武部）
蓬莱や中につくすといせのゑびの　肖似（金沢　吉田）
礼者もや思ひの外に君が春　因元（金沢　高橋）
うら白や時ニ無尽蔵《ムジンザウ》初連歌　友琴（金沢　識趣斎）
けさの春や鳥類迄も日本には
胡鬼板　同

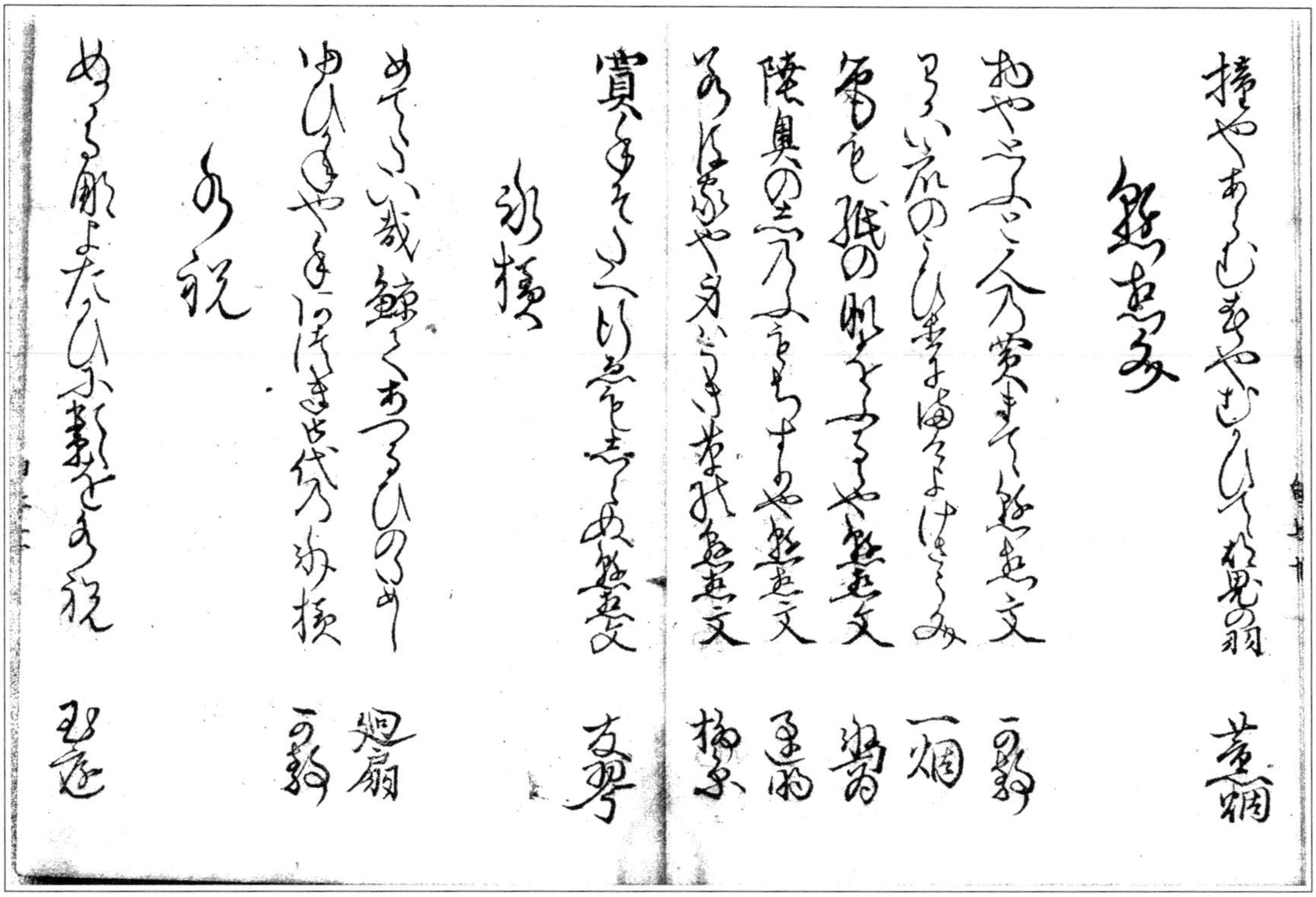

撞やあらむ春やむかひて胡鬼の羽　薫烟（松任　長谷川）

懸想文

物や思ふと人の買まで懸想文　可静（金沢　市中軒）

わかい衆のこひ直にまけよけさう文　一烟（金沢　宇野）

筆も紙の肌をふるゝや懸想文　幽為（松任　岡田）

陸奥のしのぶもぢずりや懸想文　遅明（金沢　永野）

若後家や身はうき草の懸想文　柳糸（金沢　村沢）

陸奥のしのぶもぢずり　「陸奥のしのぶもぢずり誰ゆゑに乱れ初めにし我ならなくに」（『百人一首』河原左大臣）。

買手ぞたへ行衛もしらぬ懸想文　友琴

氷様

めでたい哉鯨であつるひのためし　可静

ゆびがねや手あつき御代の氷様　廻扇（金沢　森下）

水祝

ぬかるなよたがひに影を水祝　玉庭

鯨　日本で古来、和裁用に使われてきたものさし。鯨尺一尺は曲尺《かねじゃく》の一尺二寸五分に相当し、三七・八八センチ。

ひのためし　氷様。元日の節会《せちえ》に、宮内省から前年の氷室または氷池の氷のようすを禁中に奏し、その年の豊凶を占った儀式。

ゆびがね　指金。

水祝　婿入り・嫁入りの際に当人に水を掛けて祝う習俗。翌年の正月にもする。水掛け。水浴び。

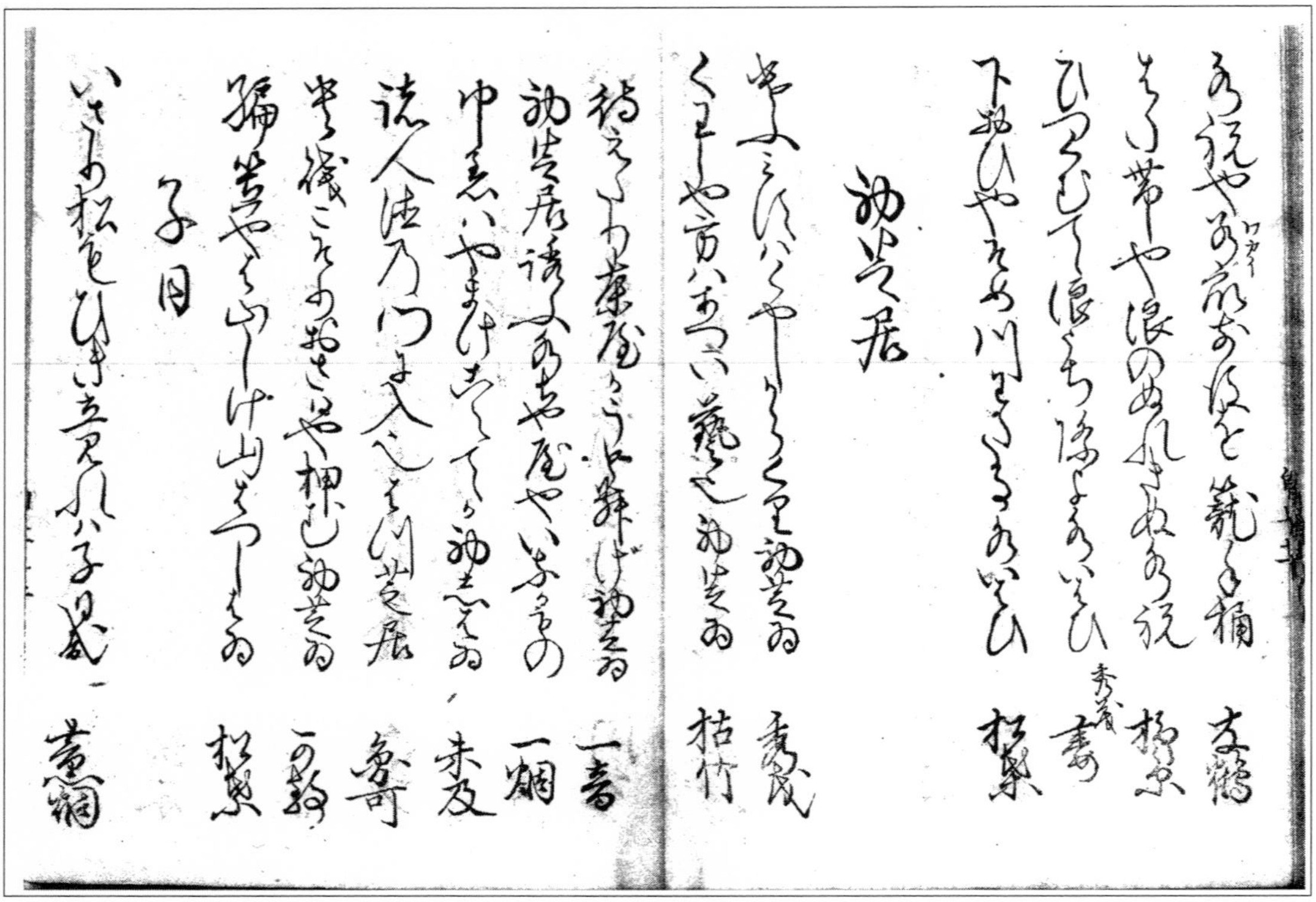

水祝や若衆《ワカイ》前後を籠手桶　友鶴
はだ帯や浪のぬれぎぬ水祝　柳糸
ひつくむで浪うち際よ水いはひ　秀茂妻（金沢）
下おびやそめ川わたる水いはひ　松葉（金沢　立花）

初芝居

けふみずばくやしからくり初芝ゐ　秀茂（金沢）
くわしや方はあつい藝也初芝ゐ　枯竹（金沢　岩崎）

ひつくむ　引っ組む。引き寄せて組みつく。とっくむ。
下おび　ふんどし。腰巻き。
くわしや方　花車形。老女・年増に扮する女方。「火車（婆）」を掛ける。

待えたり茶屋からうどむげ初芝ゐ　一音（能州七尾　高松）
初芝居誘ふ水ちや屋やいなかもの　一烟
巾着はやまけしらでか初しばゐ　未及（金沢　富利）
諸人徳の門に入也はつ芝居　圓可（白尾　宮腰）
貴賤こぞりおさ日や押む初芝ゐ　可静
編笠やは山しげ山はつしばゐ　松葉

子日

いざり松もひき立見れば子日哉　薫烟

うどむげ　優曇華《うどんげ》とは、仏教経典に書かれた伝説の花。三千年に一度開花すると伝えることから極めて稀なこと。
水ちや屋　江戸時代、道ばたや社寺の境内などで、茶などを飲ませて休息させた店。茶店。
やまけ　山師のような気質の意。
は山しげ山　端山茂山。
子日　「ねのび」とも。十二支の子にあたる日。特に、正月の最初の子の日。
いざり松　通称いざり松。誓いの松。四国延命寺にある。
ひき立見る　特に目をかけ、ひいきにみる。「子松引」を掛ける。

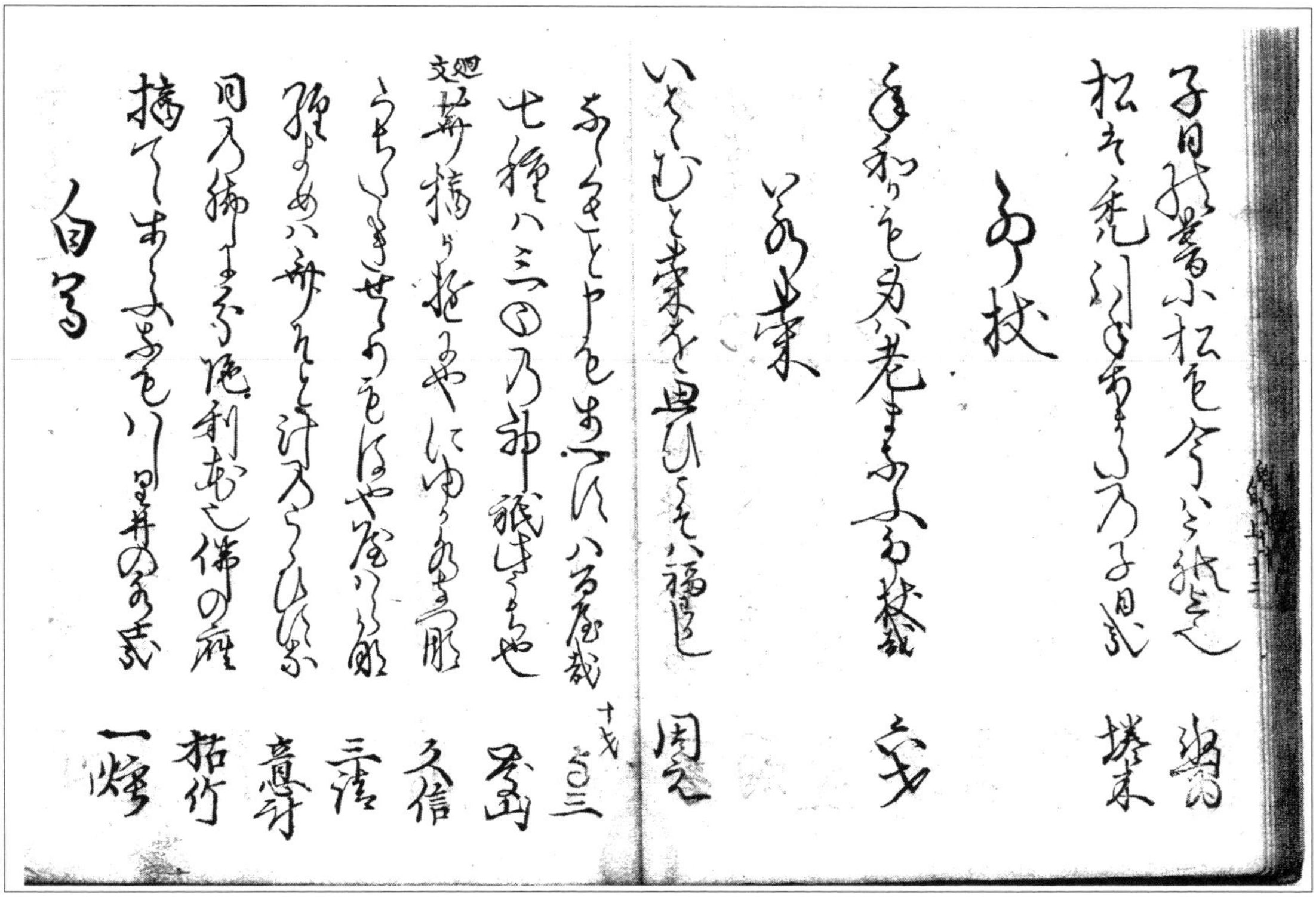

子日の暮小松も今はこれ迄也　幽為
松は禿引手あまたの子日哉　捲木
卯杖
年わかも身は老まなぶ卯杖哉　六才（尾州　安藤）
若菜
いはゝむと菜を思ひこそは福わかし　因元

子日の暮　小松引の終わる時。
卯杖　新年に用いる邪気を払うための杖。
福わかし　元日の朝に若水をくんでわかし、正月に神前に供えた餅を、七日、十五日などに雑煮やかゆの中に入れて食べること。

なゝくさと申もあへず八百屋哉　十才　与三（金沢）
七種は三囚の神祇此うちや　慶山（加州山中）
廻文　薺摘かゆにやにゆか水なづな　久信（能州七尾　山崎村　池田）
うちたゝきせゝりも後ややはらかな　三請（金沢　熊野）
経よめば斎そと汁のうぐひすな　意計（金沢　石丸）
日の脚に分陁利花也佛の座　枯竹（金沢　岩崎）
摘てあらふなもはしり井の水士哉　一煙
白馬

神祇　天の神と地の神。
うぐひすな　京都の伝統野菜、うぐいす菜。
分陁利花　分荼離迦。白蓮華のこと。
はしり井　清水が勢いよくわき出て流れる泉。
水士　みづし。台所で水仕事をすること。水仕女《みずしめ》。

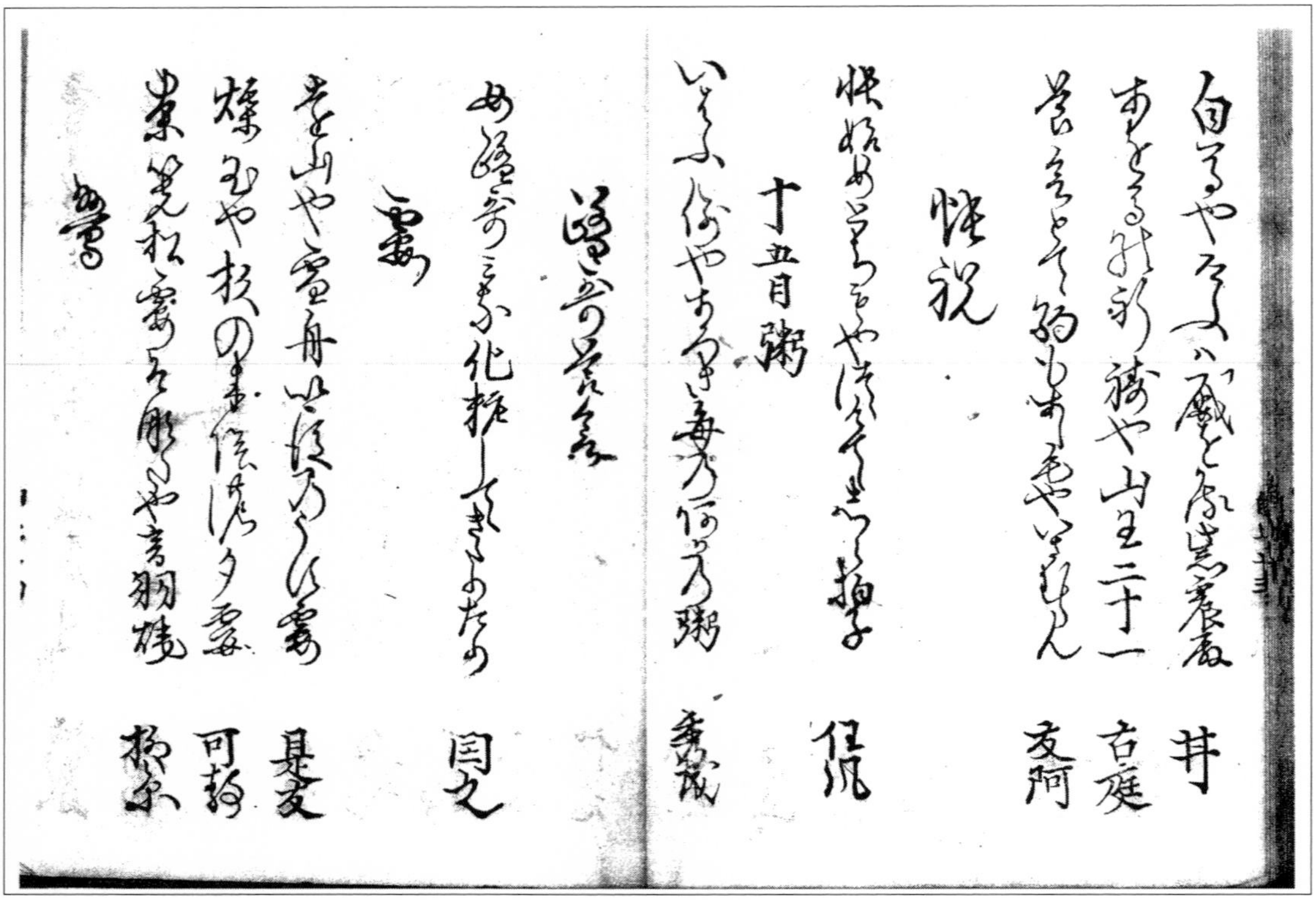

白馬やけふは威をかる紫宸殿　丼（金沢　霧舟斎）
あを馬の祈祷や山王二十一　古庭
節会とて駒もあし毛やいさむらん　友阿（金沢　長沢）

帳祝
帳始めとぢもやつけてしら拍子　任風（尾州　荒川）

十五日粥
いはふ例やあかつき毎のあかの粥　秀茂

白馬　あおうま。
山王二十一　日吉大社の上七社・中七社・下七社の総称。
帳祝　正月四日か十一日に、商人が帳簿を新しく綴じて祝うこと。帳綴じ。帳始め。
あかの粥　赤の粥。小豆がゆ。

踏哥節会
女踏哥みな化粧してきたりたり　閆之（宮腰　杉野）

霞
遠山や雪舟以後のうす霞　是友
煤玉や杉の木陰の夕霞　可静
茶筅松霞そなたや音羽焼　柳糸

鶯

踏哥　奈良から平安時代に行われた群舞形式の歌舞。歌垣とも合体して流行した。
うす霞　水墨画をふまえる。
煤玉　すす玉。
茶筅松　小松の針葉。
音羽焼　京焼の一つ。

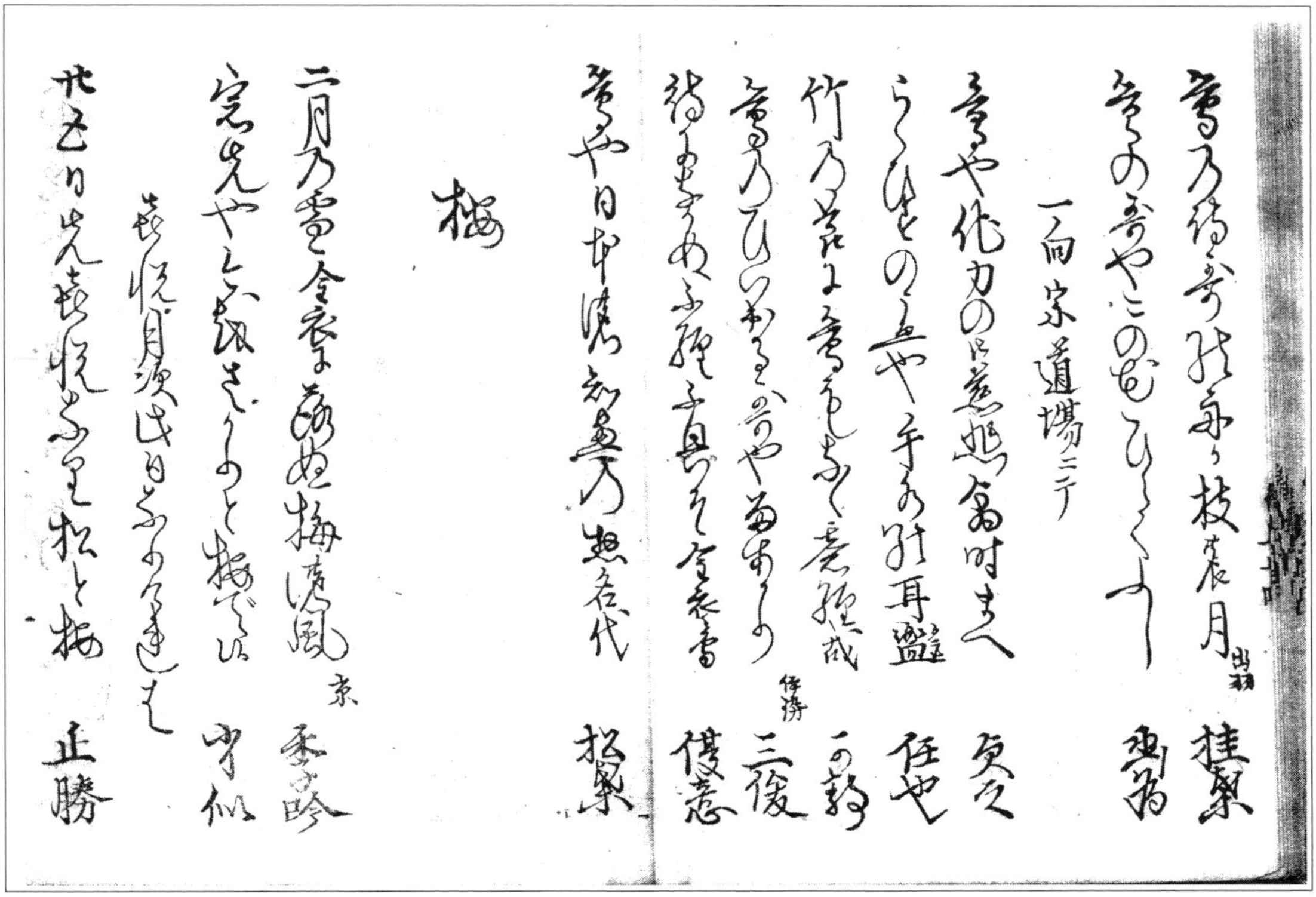

鶯の待哥の舟か枝の月　出羽　桂葉（羽州秋田　大光院）
鶯の哥やこの花ひらくふし　幽為
　一向衆道場ニテ
鶯や他力の御慈悲朝時まへ　貞之（京　谷遊軒）
うぐひすのこゑや手水の耳盥《タラヒ》　任也（金沢　西村）
竹の節に鶯もなく碁経哉　可静
鶯のひい出る哥や雨あがり　伊勢　三俊（松坂　世古）
待になかぬ不経不興ぞ金衣鳥　優意

耳盥　左右に耳状の取っ手ついた小形のたらい。
碁経　玄玄碁経。中国の棋書。
金衣鳥　きんえちょう。鶯の異名。

鶯や日本の知恵の惣名代　松葉

梅

二月の雪金衣ニ落ぬ梅の風　京　季吟（北村）
窓先や今をさかりと梅で候　肖似
　喜悦月次此日なりければ
廿五日先喜悦なり松と梅　正勝（金沢　稲川）

惣名代　仲間全体の代表者。
喜悦　心からよろこぶこと。

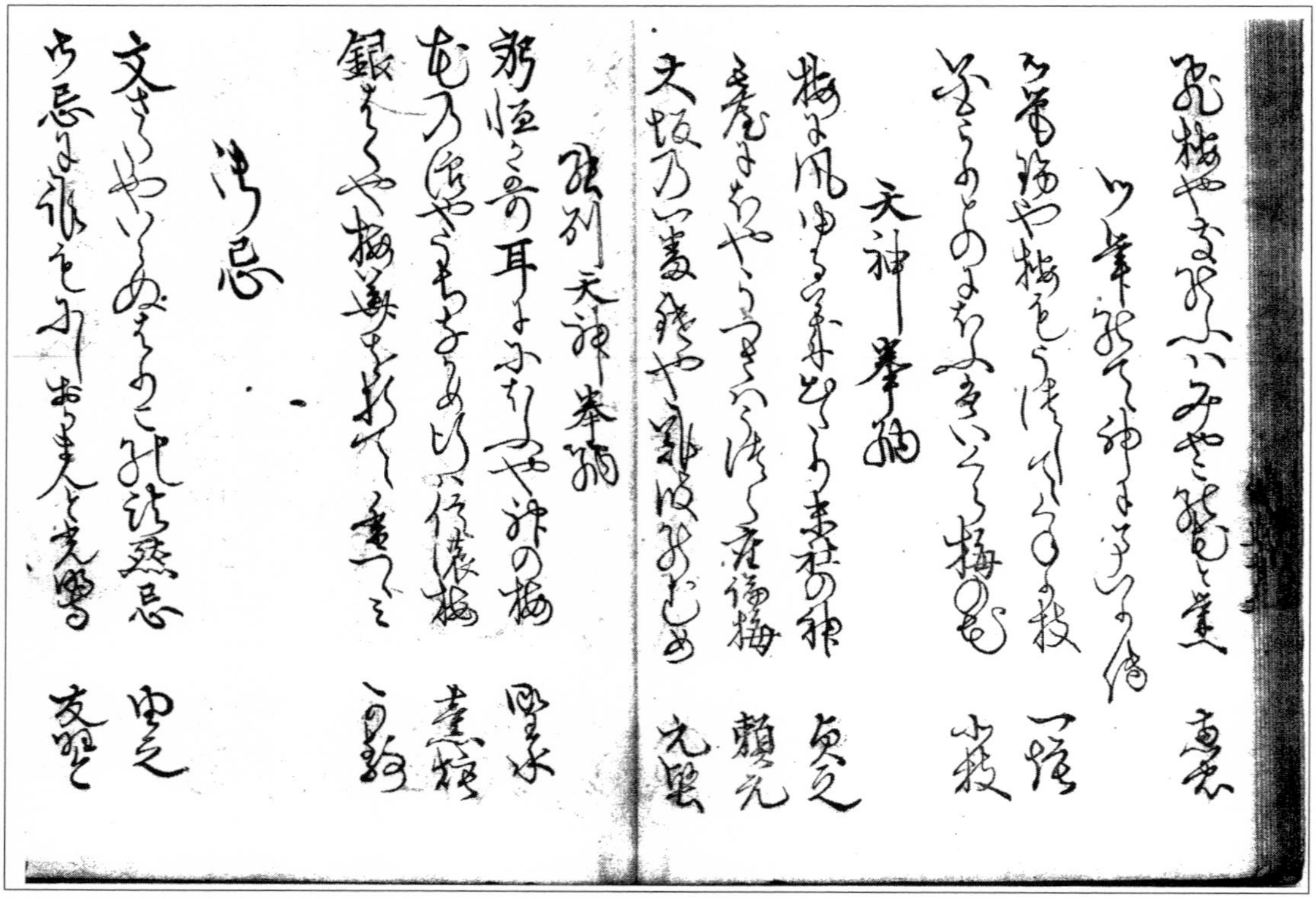

飛梅やきのふはみやこの花と栄へ　恵忠（宮越　岡野）

　御筆の天神にまいりて

御筆勢や梅もうつしてくねり枝　一煙

花うりとのにほふはいくら梅の花　北枝

　天神奉納

梅に風ゆるき出たり末社の神　貞之

臺にほやうつさばうつら座論梅　頼元（金沢）

大坂の一番鑓や難波のむめ　元堅

座論梅　ウメの品種。

難波のむめ　伝説。難波の里の香り高いウメの木を、仁徳天皇がとくに好まれたので、村人が毎年ウメの花を献上してきた。あるとき、このウメの木を勅命で都に移した。都では難波に向いている枝には花をつけたが、ほかの枝には花を咲かせることがなかったので、もとの地に返したところ、また昔のように多くの香り高い花を咲かせるようになったという。

　能州天神奉納

躬恒が哥耳ににほふや神の梅　野水

花の浪やうちながめ行は信濃梅　薫煙

銀はくや梅華を折て香つゝみ　可静

　御忌

文さたやいらぬはりこの法然忌　由之（金沢　高田）

御忌に誰もにしおがまんと光明寺　友琴

信濃梅　小梅の別称。

光明寺　粟生光明寺。

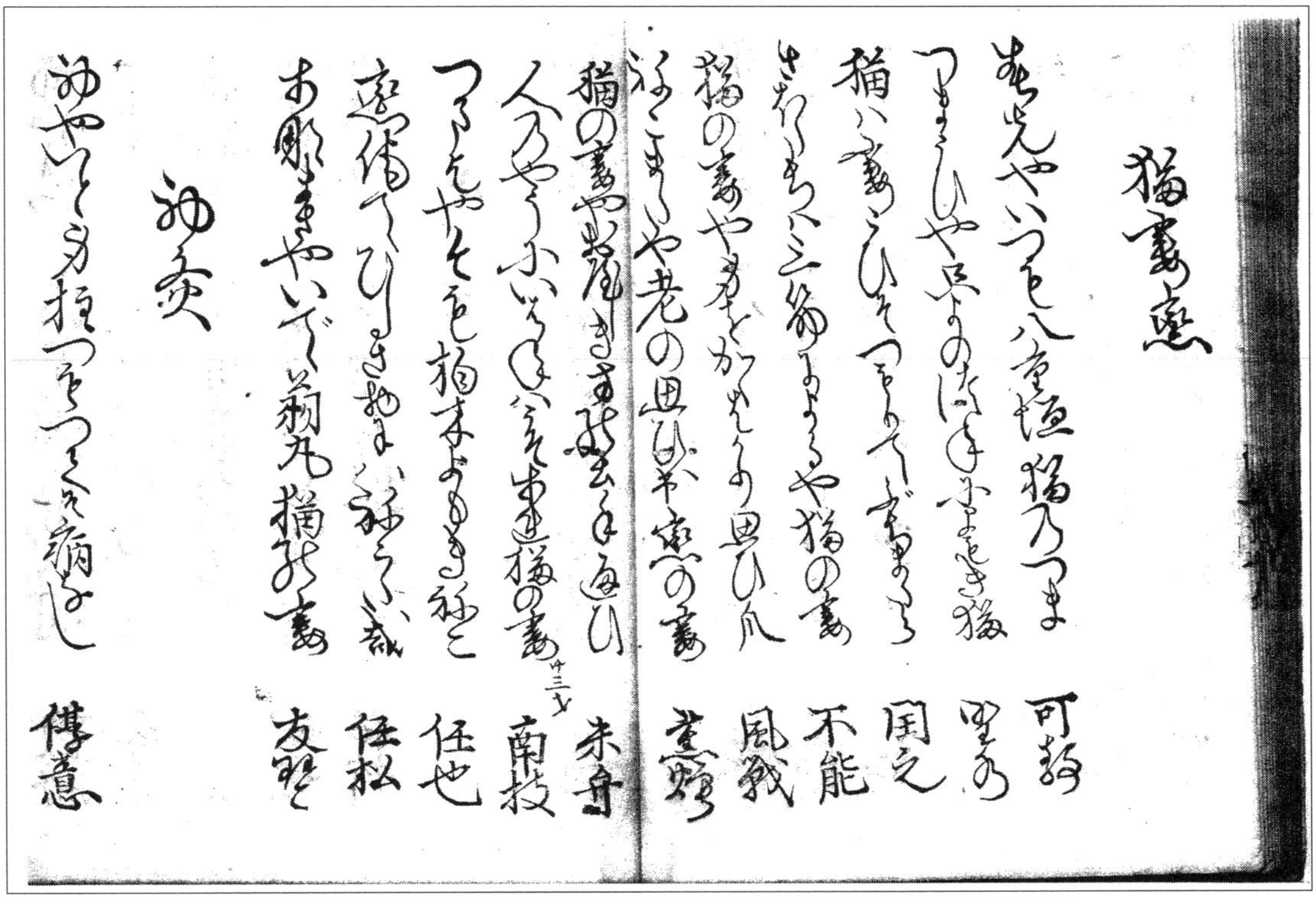

猫妻恋

春先やいつも八重垣猫のつま　可静
つまごひや只よのつねによもぎ猫　野水
猫は妻こひぞつもりてぶちまだら　閏之
さほだちは三筋によるや猫の妻　不能
猫の妻や身をかくばかり思ひ爪　風戦
ねこまたや老の思ひ出恋の妻　薫煙

よもぎ猫　とら猫。
猫は妻　さかりのついた雌猫のこと。
さほだち　棹立ち。前足で立ち上がること。
ねこまた　猫又。

猫の妻やおやしき方の土手通ひ　未弁
人のやうにいはねばうそあれ猫の妻　廿三才南枝（金沢　五十嵐）
つま乞や今も柏木よもぎねこ　任也（金沢　西村）
恋佗てひしき物にはねこだ哉　任松
あなまさやいで丶翁丸猫の妻　友琴

初灸

初やいと身柱つもつてぞ病なし　惇意

柏木　女三の宮が柏木に猫のせいで姿を見られる（『源氏物語』若菜上）。
ひしき物　敷物。和歌では海草の鹿尾菜藻《ひじきも》に掛けて用いられる。
あなまさや　ああだめですよ。「乳母の馬の命婦、「あな、まさなや。入り給へ」と呼ぶに、日の差し入りたるに眠りてゐたるを、脅すとて、翁丸いづら。命婦のおとど食へといふに、誠かとて、たれものは走りかかりたれば、おびえまどひて、御簾のうちに入りぬ」（『枕草子』）。
身柱　しんちゅう。灸のツボ。

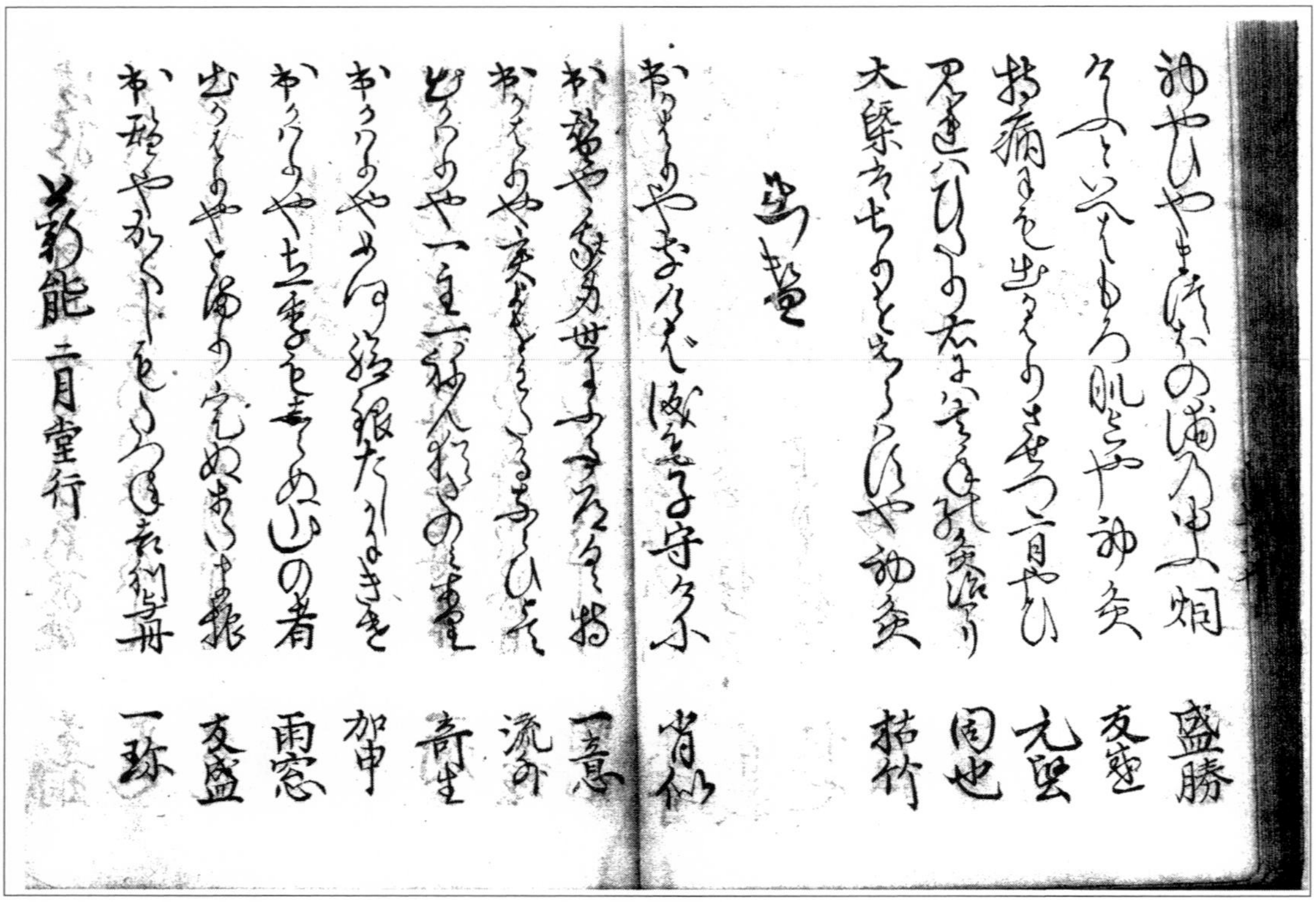

初やひやまつほの浦のゆふ烟　盛勝（金沢　桑村）
けふといへばもろ肌迄や初灸　友盛（金沢　砂川）
持病にも出がはりさせつ二日やひ　元堅（金沢　笹田）
見ればひだり右には去年の灸治あり　固也（金沢　奥氏）
大概はちりをえらばずや初灸　枯竹

出替

出がはりやきけば涙も子守げに　肖似

まつほの浦のゆふ烟　「来ぬ人をまつほの浦の夕なぎに焼く藻塩ほの身もこがれつつ」（『百人一首』定家）。

ちりをえらばず　塵も選ばず。ことわざの「塵も積もれば山となる」から塵のように小さいことを積み重ねるのではなく、ささいなことでもすぐにか。

出替　江戸時代、一季または半季契約の奉公人が雇用期限を終えて入れ替わること。初め二月と八月の二日であったが、後に三月と九月の五日に改められた。「でがはり」とも。

出替や我身世にふる道具持　一意（金沢　日野）
出がはりや実よをわたるならひとて　流外（金沢　中井）
出がはりや一主一ねん猶たのみあり　奇生（金沢　松元）
出がはりや如何給銀たしかにきけ　加申（金沢　吉川）
出がはりや立季もしらぬ山の者　雨窓（金沢　越）
出がはりやとまり定ぬあたま振　友盛
出替やかくしもたづね吉利与丹　一珍（金沢　森田）

薪能　二月堂行

我身世にふる　「花の色はうつりにけりな　いたづらにわが身世にふる　ながめせしまに」（『百人一首』小野小町）。

道具持　道具を多く持っていること。また、その人。火消しのうち、纏《まとい》持ちのこと。

あたま振　加賀藩領の無高の農民のこと。

吉利与丹　吉利支丹のことか。

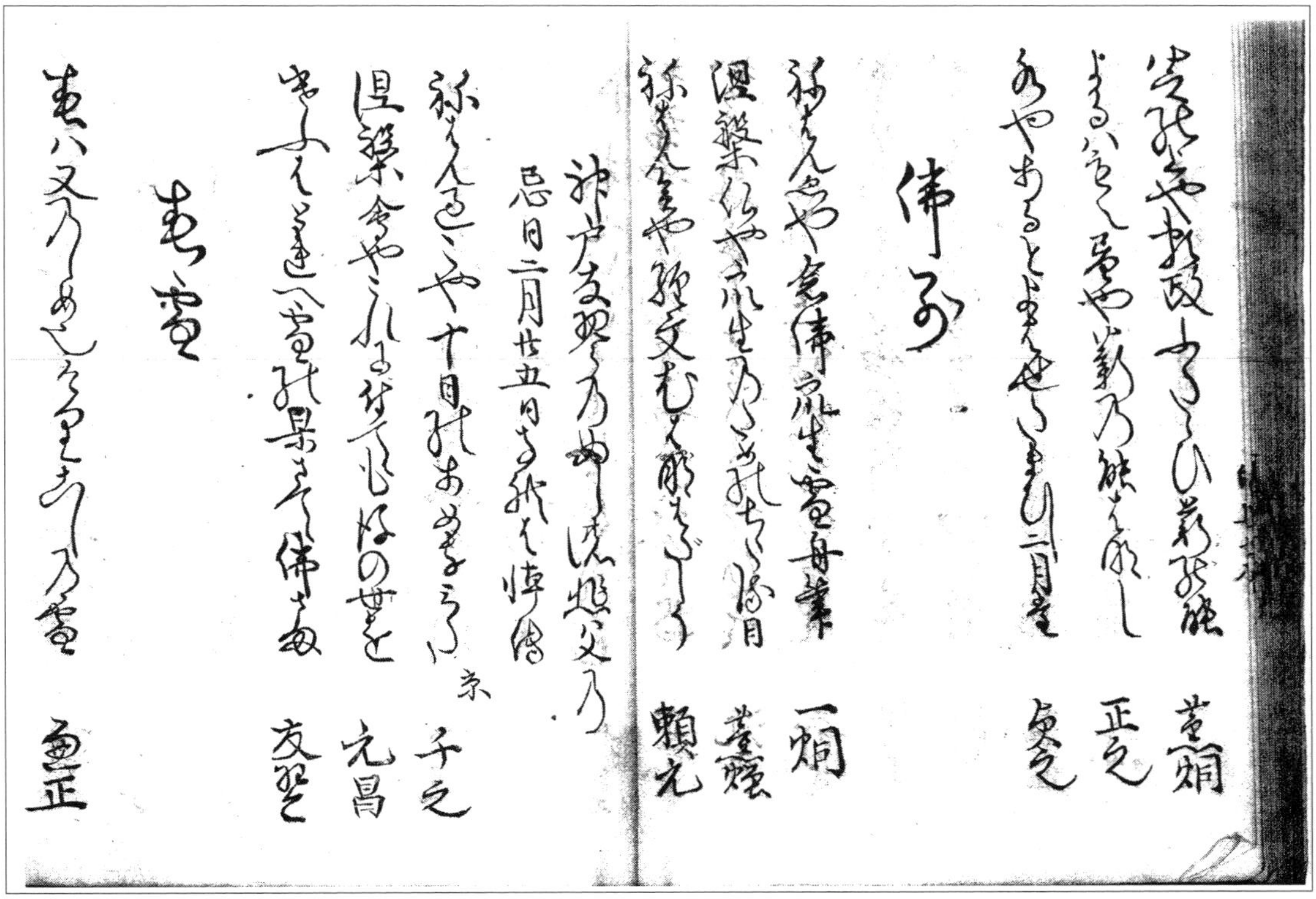

巻の上や頼政ふたゝび薪の能　薫烟

よるはもえ昼や薪の能はなし　正之（金沢　高田）

水やあるとよばせたまひし二月堂　貞之（京　谷遊軒）

佛別

ねはんゑや念佛衆生雪舟筆　一烟

涅槃仏や衆生のためのちゝたる目　薫煙

ねはん会や経文尤はなはだしう　頼元（金沢）

頼政　謡曲。二番目物。世阿弥作。平家物語などに取材。旅僧の前に源頼政の霊が現れ、宇治川の合戦に敗れて、自害したありさまなどを語る。

神戸友琴のぬしの慈父の
忌日二月廿五日なれば悼て

ねはん過こや十日のあめなみだ　京　千之（望月）

涅槃會やこれに付ても後の世を　元昌（能州七尾　鶴田）

けふはどれへ雪の果さて佛さま　友琴

春雪

春は又のしめ也けりこしの雪　兼正（金沢　樋口）

のしめ　熨斗目。練貫《ねりぬき》の一種。武家の礼服用。無地で、そで・腰のあたりだけに、しま模様がある。

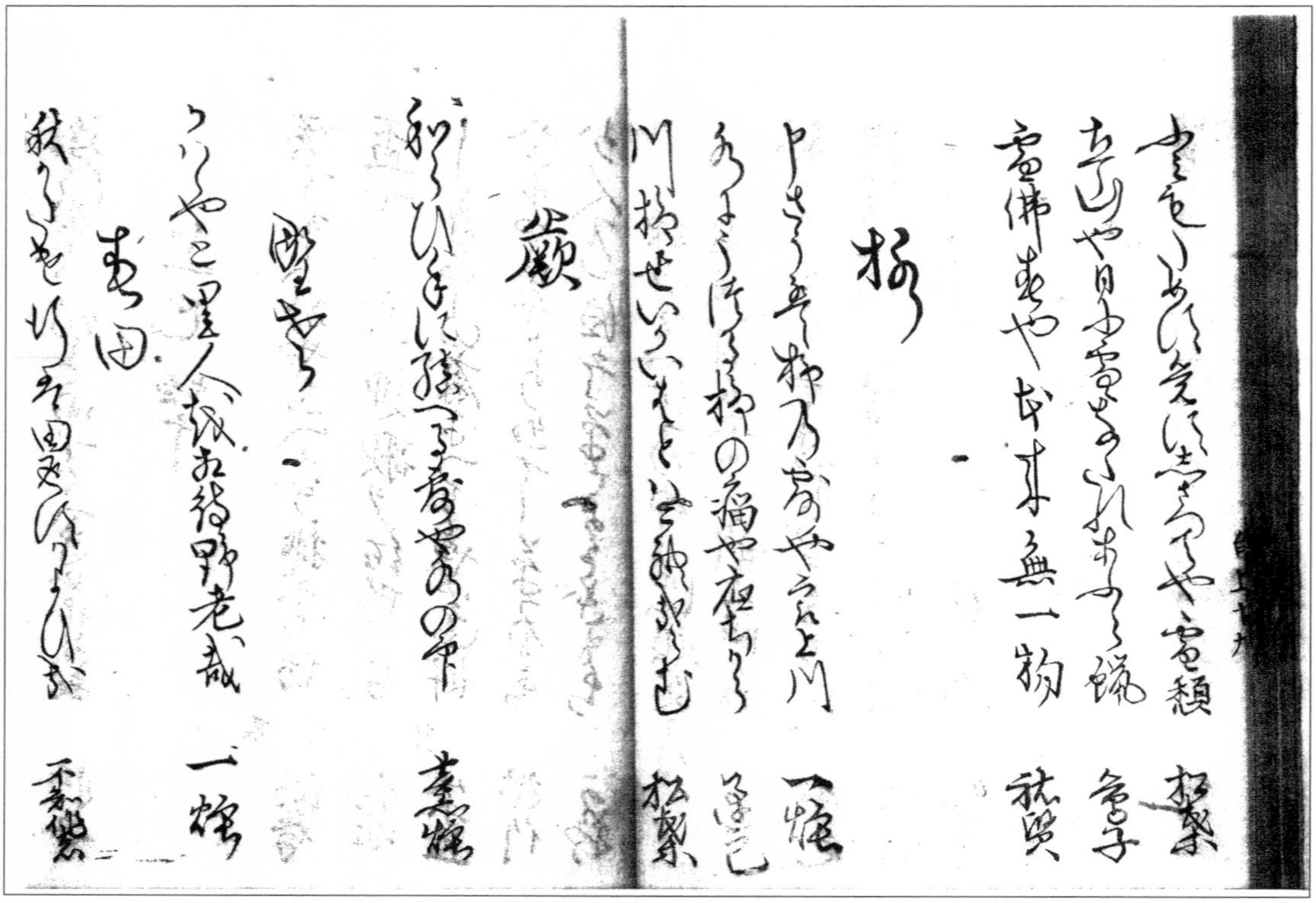

ふみもためす覚ずしさつてや雪頽　松葉

立山や日に雪なだれあぶら蝋　鶯子（富山　竹下）

雪佛春や本来無一物　祐賢（能州七尾）

柳

申さうは柳の露や最上川　一煙

水にうつる柳の瘤や底ちから　連巳（城ケ端）

川柳せいがいはとはこれやらむ　松葉

せいがいは　青海波。

蕨

わらび手に結べる露や水の印　薫煙

野老

かはゞやと里人を相待野老哉　一煙

春田

秋かたげ行ば田返すかよひ哉　不知作者

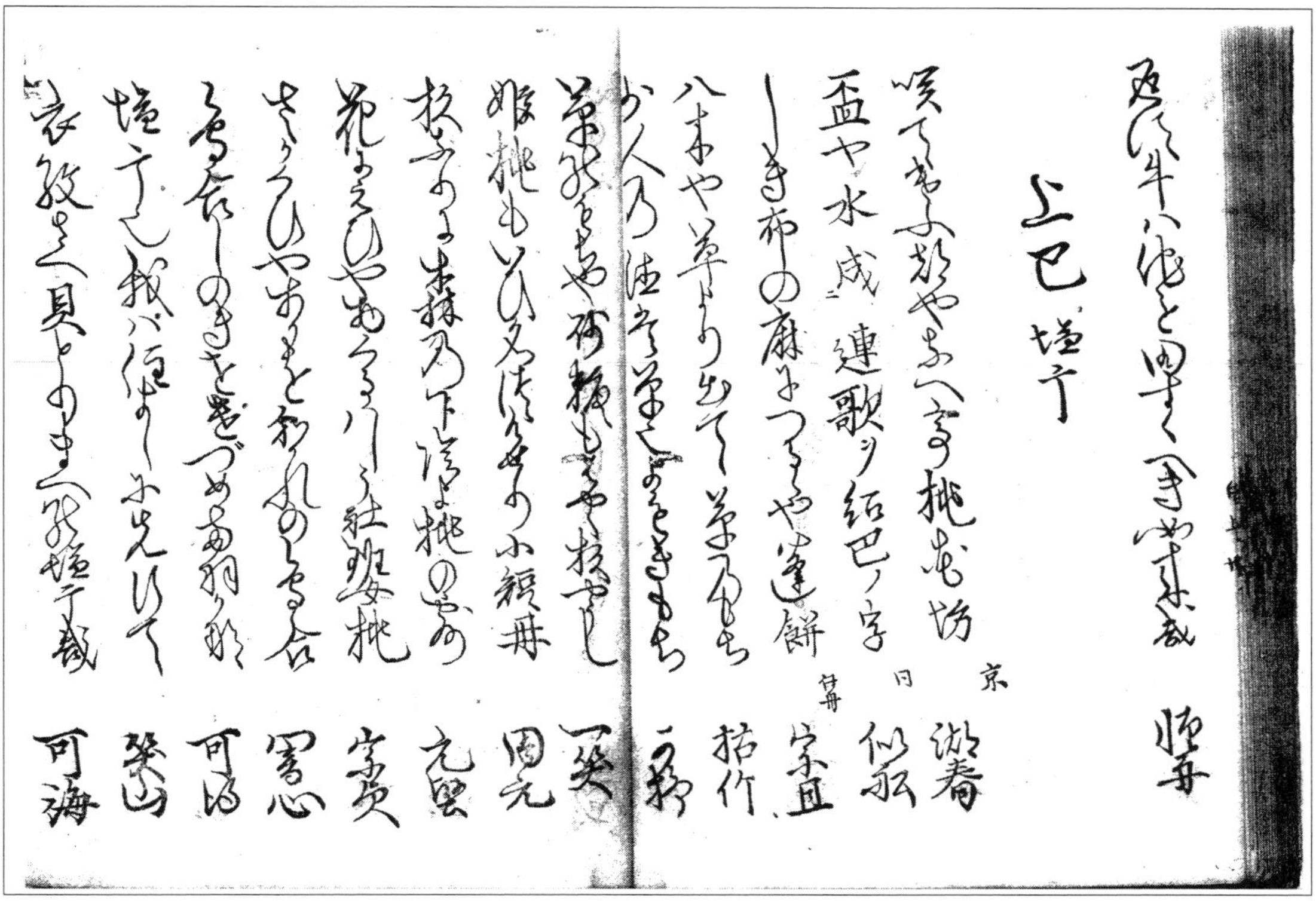

返す牛は他を田すくべき如来哉　軽舟

上巳　塩干

咲てけふ都やなべて桃花坊　京　湖春（北村）
盃や水成ニ連歌ヲ紹巴ノ字　同　似舩（芦月庵）
しき布の麻につるゝや蓬餅　伊丹　宗旦（池田）
八木や草より出でゝ草のもち　枯竹
少人の徳は草也よもぎもち　可静

田すく　「助く」を掛ける。
塩干　しおひ。陰暦三月に行われた「しおひあそび」。
桃花坊　京都の左京一条、右京一条を唐風に桃花坊と呼ぶ。
八木　松・柏・桑・棗・柘植・楡・竹の称。

草のもちや砂糖もはやく杉やうじ　一笑（金沢）
姫桃もいひ名づけせり小短冊　因元
杉なりに森の下陰よ桃の露　元堅
花にえひや物ぐるはしう社班女桃　宗貞
さかぐひやあかをわかれの鳥合　闇心
鳥合しのぎをけづめ両羽かな　可得（金沢）
塩干也我は住よしに先行て　笑山（金沢　稲川内）
衣紋さへ貝とりまへの塩干哉　可海（金沢　西村）

班女桃　「班女」は世阿弥作の能の一つ。狂女物。
鳥合　鶏合。清涼殿で行われた。
けづめ　肢から後ろ向きに突出した部分。「しのぎを削る」と掛ける。衣紋。

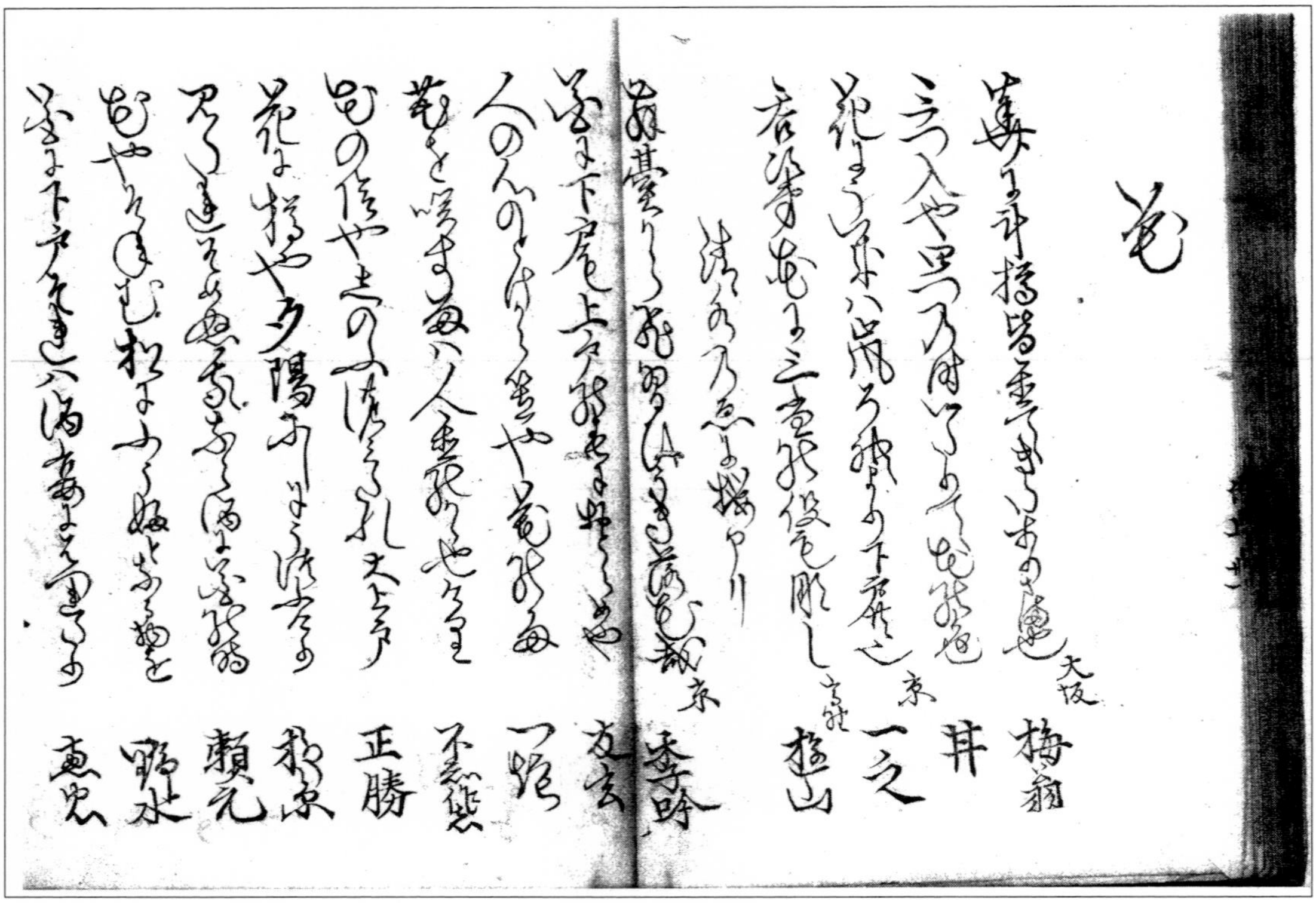

花

華に斗樽皆置てきたありさま也　大坂　梅翁
三つ入や四つの時いたりて花の色　井（金沢　霧舟斎）
花にうい成は嵐それより下戸共也　京　一之（三文字）
呑次第花に三盃の役もなし　高野　遊山（江戸）
清水のゑに桜アリ
舞臺から飛習ひうき落花哉　京　季吟（北村）

三つ入　三時入。
舞台から飛習ひ　ことわざ「清水の舞台から飛び降りる」のこと。

花に下戸も上戸の春におとらめや　友玄（宮腰　坂村）
人の心のどけから笠や花の雨　一煙
花を咲す雨は人置のかゞやけり　不知作者
花の陰やしのぶのみだれ大上戸　正勝
花に樽や夕陽にしにうつぶけり　柳糸
みだれそめぬ我なら酒に花の時　頼元
花やそねむ松にふうふとなる物を　野水
花に下戸それは酒宴にはづれたり　恵忠

人の心のどけから笠　「世の中にたえて桜のなかりせば春の心はのどけからまし」（『古今集』在原業平）。
人置　ひとおき。江戸時代の奉公人・雇人を周旋した業者。
しのぶのみだれ　「陸奥のしのぶもちずり誰ゆゑに乱れそめにしわれならなくに」（『百人一首』河原左大臣）。
なら酒　日本酒発祥の地奈良の地酒。
そねむ　嫉む。ねたむ。

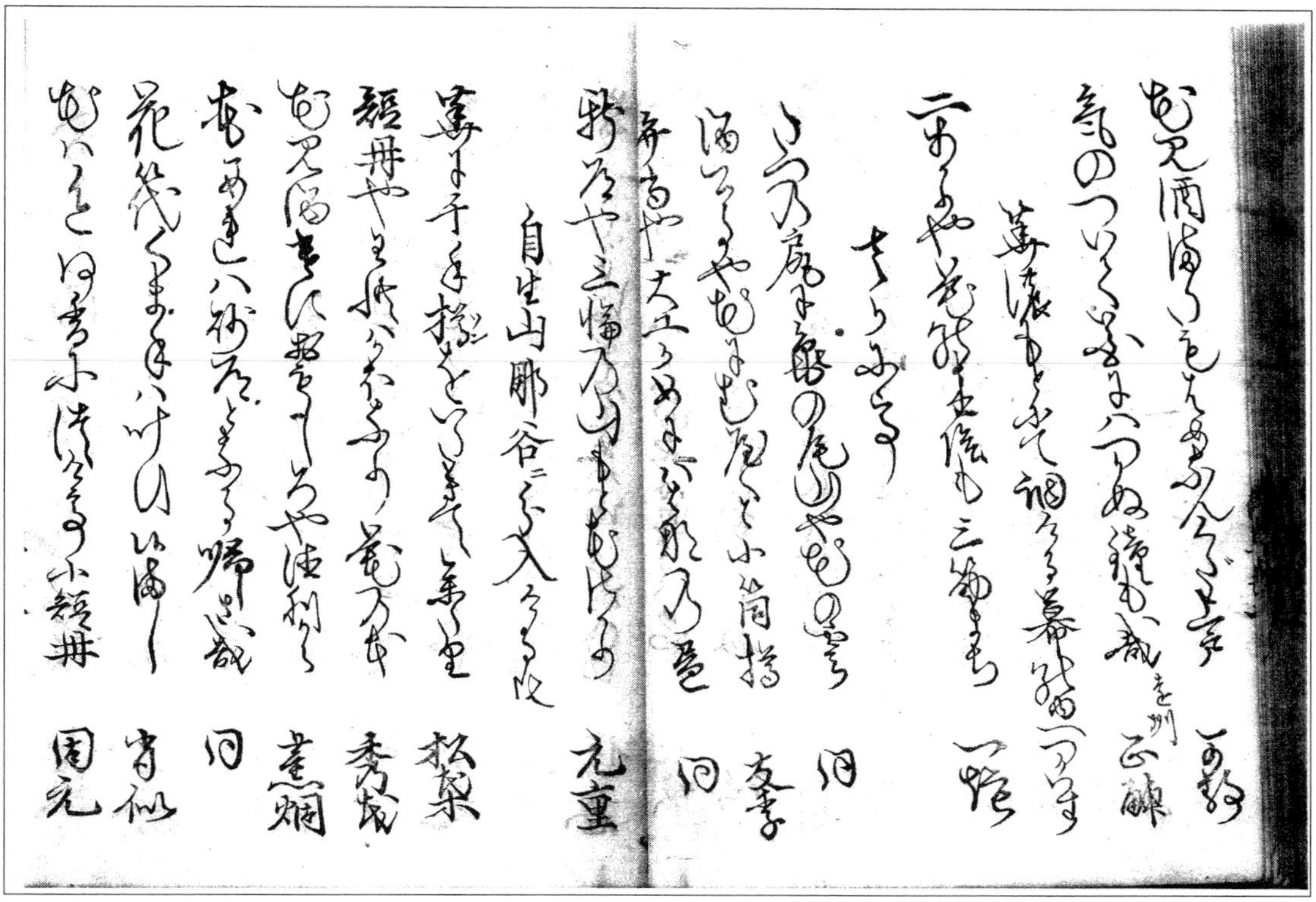

花見酒またもはめなんくだ上戸　可静
気のついて花にはつかぬ鐘も哉　遠州　正輔
　華のもとにて調ける幕の内へつかはす
二あがりや花の木陰も三筋まち　一煙
　さがにて
たつの尻に亀の尾山や花の雲　同
酒公事や花にむやくと小筒樽　友琴
弁当や大工がめにははなの昼　同

くだ上戸　くだをまく人。
二あがり　本調子。二上り。
三筋まち　京都六条室町にあった遊郭。島原に移転したのが一六四一年。
亀の尾山　京嵯峨にある亀山。
むやく　無益、無駄なこと。
小筒　水や酒を入れる携帯用の竹筒。

新道や三輪の山もと花ざかり　元重
　自生山那谷ニ分入ける比
華に千手樽をいだきて参たり　松葉（金沢　立花）
短冊やわれはかほなり花の本　秀成
花見酒げにおもしろや徳利から　薫烟
花あれば砂道となる帰さ哉　同
花筏くま手は叶ひ候まじ　肖似
花はかと何香につけて小短冊　因元

千手樽　那谷寺の本尊の千手観音に掛けた。
花の本　鎌倉・南北朝時代に、寺社の桜の木の下で連歌を興行したところから、地下《じげ》の連歌愛好者。
帰さ　帰り道、帰りがけ。

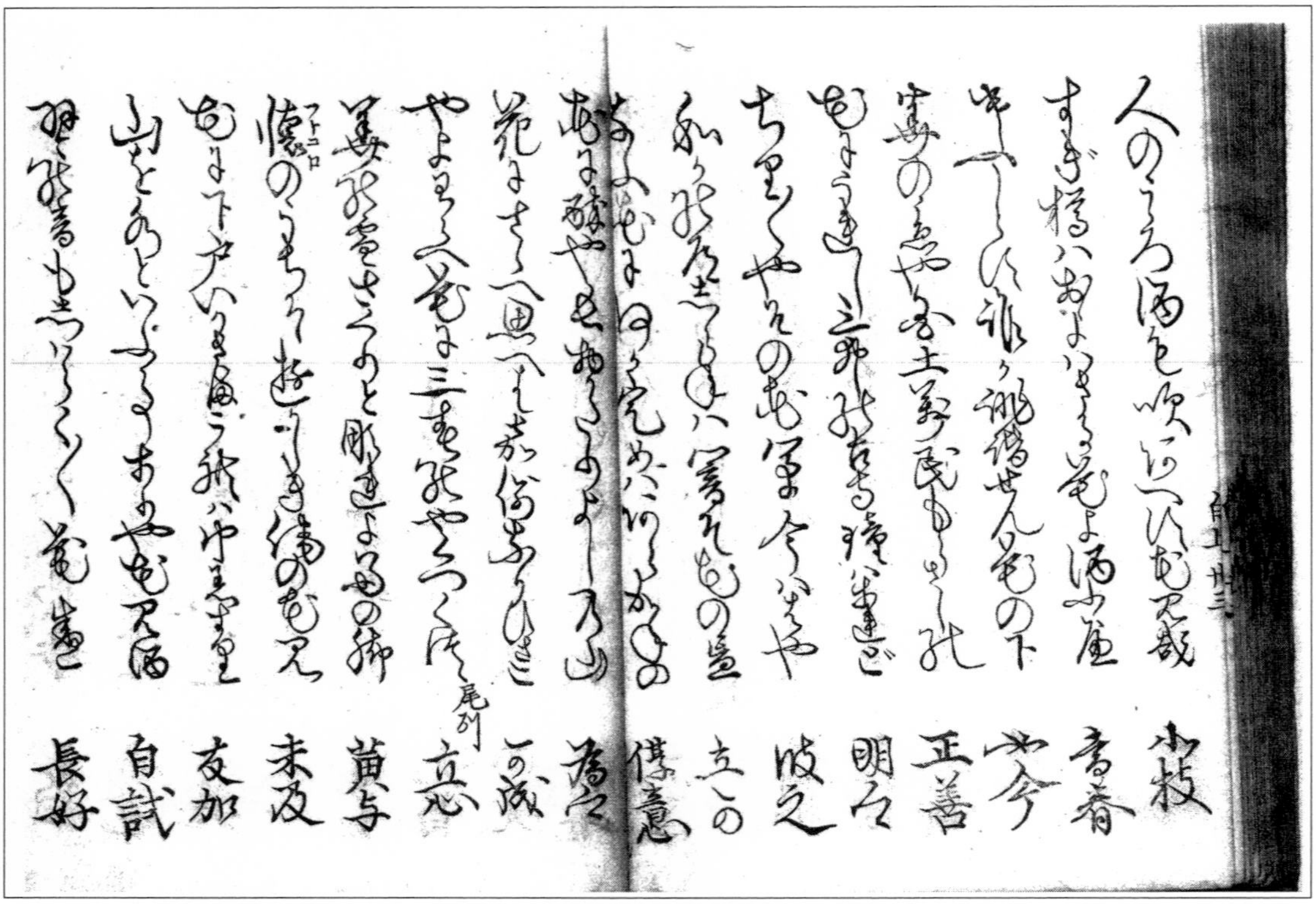

人のこゝろ酒も吹あへず花見哉　北枝
すぎ樽はおよばざる花よ酒小屋　常春（金沢　山田）
けふしらす誰か誹諧せん花の下　如今（富山　高橋）
華のうゑや国土萬民もらさじの　正善（魚津　杉原）
花にうれし三井の古寺鐘はあれど　明郷（金沢　長沢）
ちり〴〵やその花軍今ははや　波之（宮腰　杉野）
和かの道しらねば闇ぞ花の昼　立可（城端）
なふ花に何か定めはあらがねの　優意
花に酔や長物がたりよしの山　為郷
花にさゝへ思へば嘉例なりひさご　可成
やよわらへ花に三春のやくつくつ　尾州　立心
華の雪さくりとなれよ雨の脚　黄与
懐《フトコロ》のうちぞゆかしき佗の花見　未及（金沢　富利）
花に下戸いかさまこれは巾着すり　友加（金沢　生駒）
山を水といふ事ありや花見酒　自試（金沢　岩根）
琴の音もしばらく〳〵花盛　長好（金沢　加藤）

人のこゝろ酒も吹きあへず　「風も吹きあへずうつろふ、人の心の花に、馴れにし年月を思へば、あはれと聞きし言の葉ごとに忘れぬものから、我が世の外になりゆくならひこそ、亡き人の別れよりもまさりてかなしきものなれ」（『徒然草』二六段）。

すぎ樽はおよばざる　諺「過ぎたるは猶及ばざるが如し」を掛ける。

国土萬民もらさじの　謡曲『田村』「今もその。名に流れたる清水の。深き誓も数々に。千手の。御手のとりどり様々の誓ひあまねくて国土万民を漏らさじの。大悲の影ぞありがたき。げにや安楽世界より。今この娑婆に示現して。我らが為の観世音。仰ぐも愚かなるべしや」。

花軍　はないくさ。花合わせのこと。花の枝をもって打ち合う遊戯。

なふ　のう。人に呼びかけ、同意を求める時使う。

あらがねの　「租金の」と掛ける。

さゝへ　ささえ。酒を入れて携帯する竹筒。

嘉例　めでたい先例。

やよ　やあ。呼びかけの言葉。

花に三春のやく　花に三春の約あり。前もって約束でもしてあったように、春になると必ず花が咲く。

華の雪　白く咲く花、また、散る花を雪に見立てていう語。《季 春》。

いかさま　なるほど。いかにも。

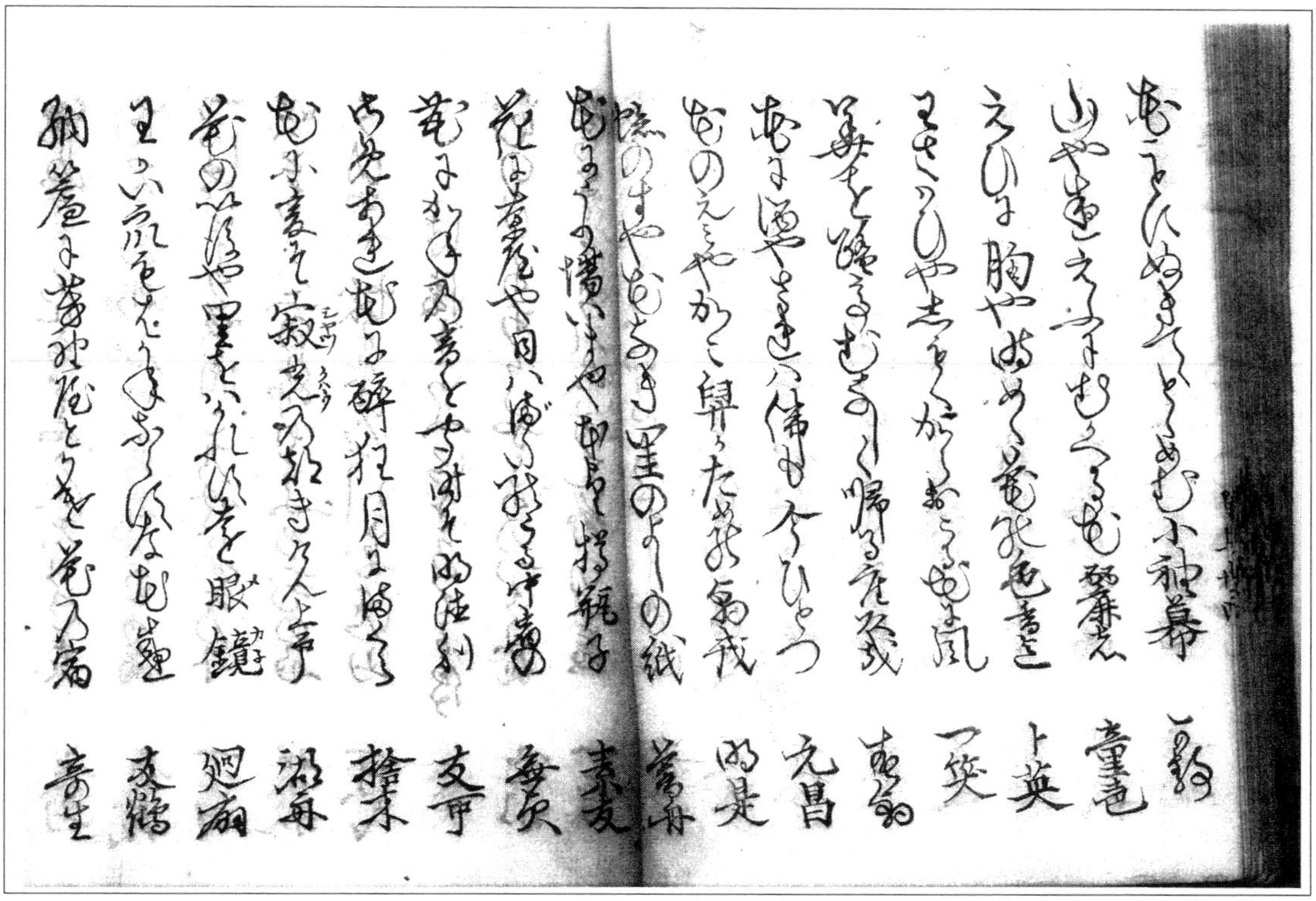

花ごとにぬぎてとゞめむ小袖幕　可静
山や盛えふにむかへる花麗者　童声（金沢　沢井）
えひに胸や時めく花の色香迄　卜英（能州七尾　高橋）
わざはひやしもくからおこる花に風　一笑
華を踏てむなしく帰る座頭哉　春朝（金沢　宮崎）
花に酒やされば佛も今ひとつ　元昌（能州七尾　鶴田）
花のえみやかご舁がための朝戎　明是
蜘のすや花なき里のよしの紙　暮舟（金沢　桑村）

小袖幕　花見などのとき、小袖を脱いで張り渡した綱にかけ、幕の代用としたもの。のちには、花見などで戸外に張る幕もいう。花見幕。
しもく　撞木か。
座頭　盲人だから花は見えぬ。
朝戎　朝恵比須。恵比須神社に朝参りすること。
花なき里の　「春霞立つを見捨てゆく雁は花なき里に住みやならへる」（『古今集』伊勢）。
よしの紙　吉野地方産の、コウゾを原料とした薄手の和紙。

花にうり場いまや本望樽瓶子　素友（金沢）
花に茶屋や日はまだのこる中宿の　無貞（金沢　寺嶋）
花にかねの音を聞時ぞ明徳利　友可（金沢　笹田）
御免あれ花に酔狂月にまくら　捨木（鶴来）
花に爰ぞ寂光の都きげん上戸　湖舟（松任　高桑）
花の以後や里をはかれず遠眼鏡《メガネ》　廻扇（金沢　森下）
わかい衆もはがねならすな花盛　友鶴（金沢　三原）
納簾に茅野屋とかけ花の宿　奇生（金沢　松元）

中宿　江戸時代、男女を密会させた宿。出合茶屋。上方で、引き手茶屋の称。
明徳利　中国の明時代の徳利。
寂光の都　寂光浄土の異称。
きげん上戸　機嫌上戸。酒に酔うと機嫌よく陽気になる人。
はがねならす　鋼鳴らす。鋼をならすとは、武威を示す。勢威をふるう。

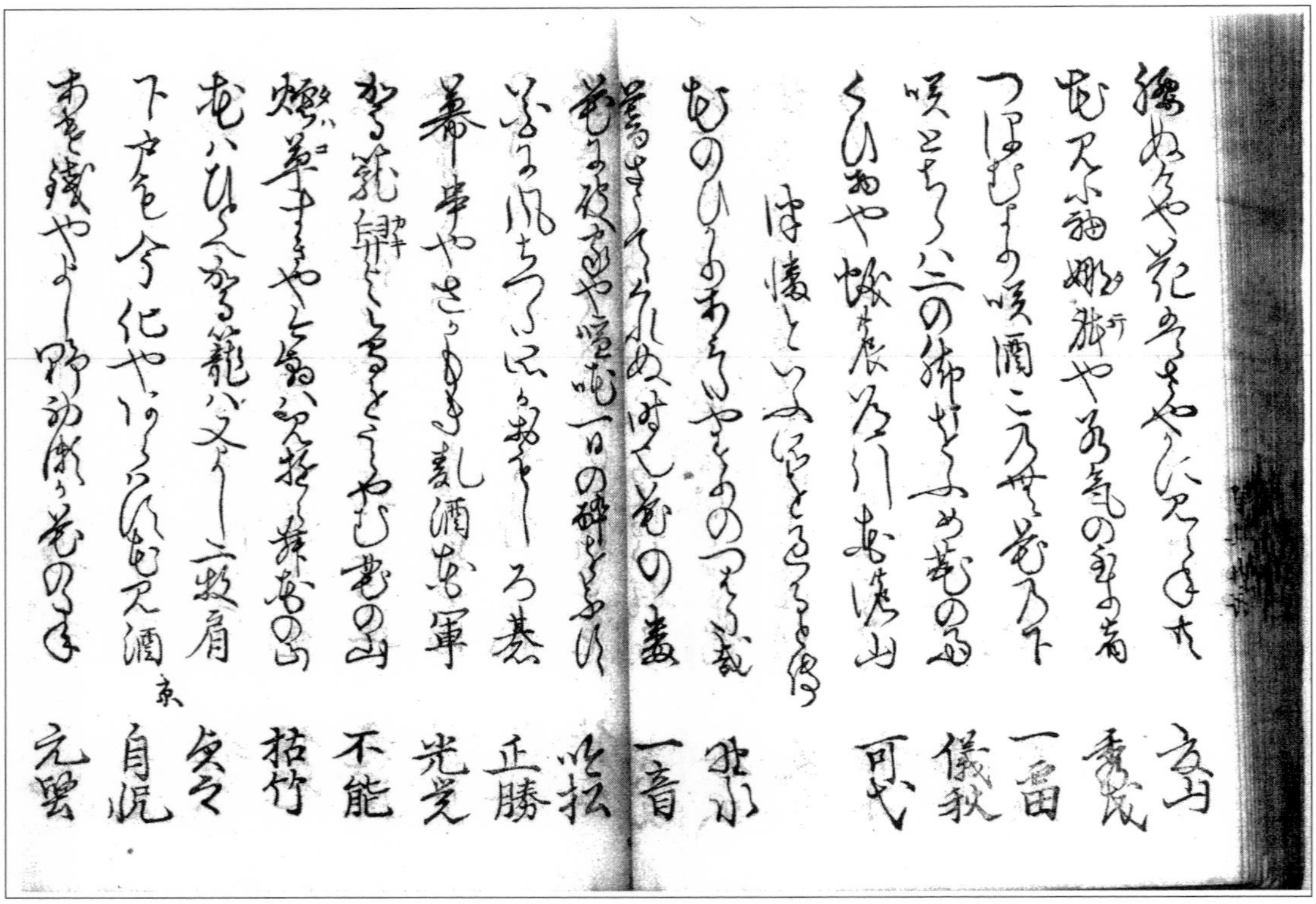

腰ぬけや花はさやかに見えね共　夏山（金沢）
花見小袖娜躰《ダナ》や若気の至り者　秀茂
つぼむより咲酒このむ花の下　一雷（金沢）
咲とちらば二の脚をふめ花の雨　儀秋（能州七尾　大森）
くひ物や蟻の道引花の山　可弋
　津幡といふ所を過るとて
花のひかりあみだやすりのつばた哉　野水
暮さうでくれぬ時也花の番　一音

花はさやかに見えね共　「秋きぬと目にはさやかに見えねども風の音にぞおどろかれぬる」（『古今集』藤原敏行）。
娜躰　伊達の意か。侠気《おとこぎ》を見せること。
二の脚をふむ　思いきることができなくて、迷う気持ちをいう。
あみだやすり　阿弥陀鑢。鐔《つば》の表面に施された装飾的模様の一種。阿弥陀如来の背にみられる後光を思わせることからの呼称。

花に破家や喧嘩一日の酔をふす　吟松（金沢　森川）
花に風ちつた所かおもしろ碁　正勝
幕串やさかもぎ乱酒花軍　光覚（能州七尾
　松尾山神宮寺）
駕籠舁《カキ》よ鳥をうらやむ花の山　不能（能州□　田中）
煙草《タバコ》すきや今朝は見ゆらむ花の山　枯竹
花はひとへ駕籠は又よし二枚肩　貞之
下戸も今化やあらはす花見酒　京　自悦（浜川）
あげ銭やよし野初瀬か花のたね　元堅

破家　馬鹿、莫迦。ばか。
幕串　まくぐし。幕を張るため土に打ちこんで立てる細い柱。
さかもぎ　逆茂木。
花軍　はないくさ。花合わせ。
二枚肩　駕籠を二人で担ぐこと。またはその駕籠。
あげ銭　揚げ銭。上納金。貢納金。遊女などを揚げる代金。揚げ代。
よし野　吉野太夫。井原西鶴が「なき跡まで名を残せし太夫、前代未聞の遊女也」と絶賛したのは六条三筋町林兵衛家の二代目 吉野。

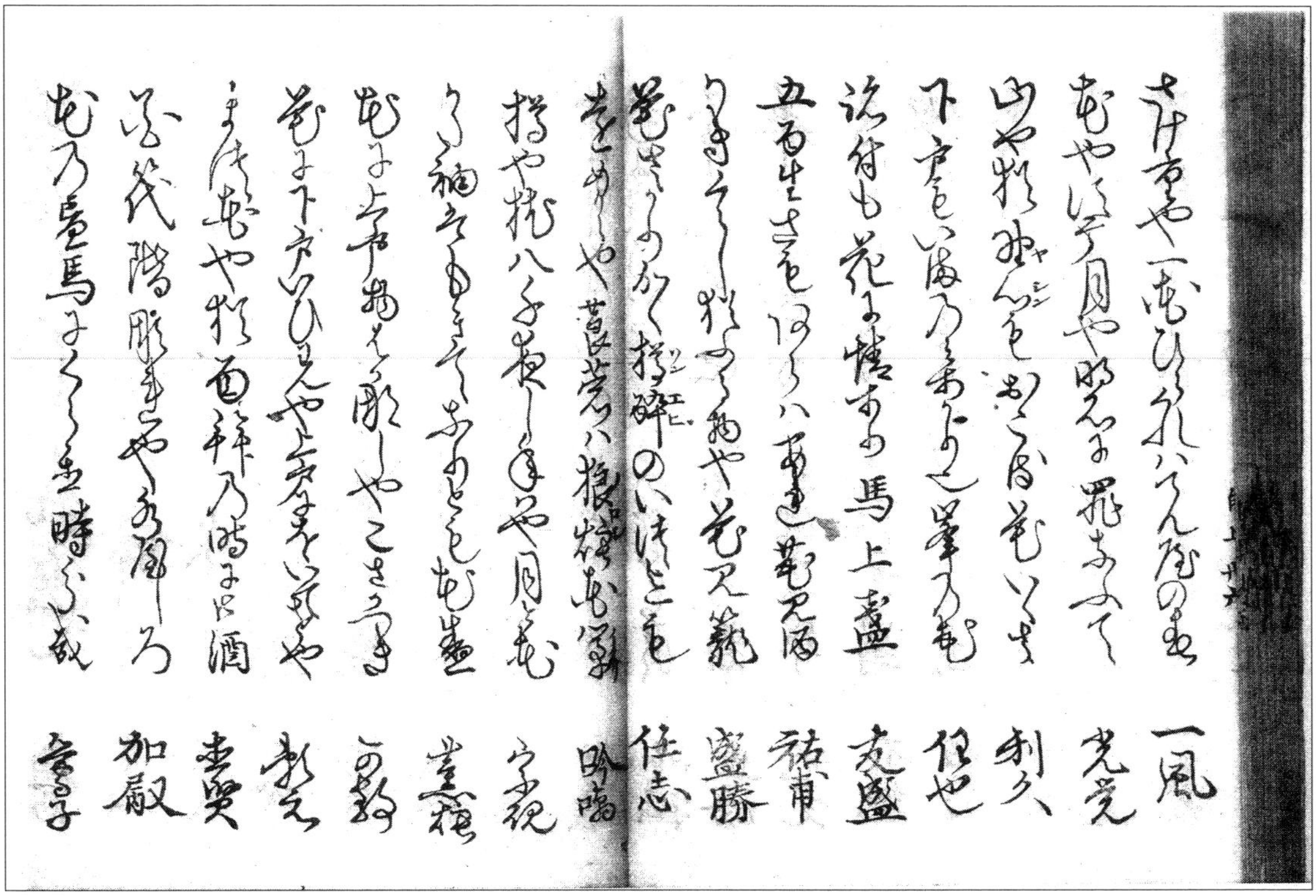

さげ重や一花ひらくればてん屋の春　一風（金沢　見好）
花や須磨月や明石に罪なふて　光覚
山や猶野心《ヤシン》もおこる花いくさ　利久（金沢　松田）
下戸もいまのみあがり也峯の花　任也（金沢）
跡付も花二情あり馬上盞　友盛（金沢　砂川）
五百生さもあらばあれ花見酒　祐甫（能州七尾　常福寺）
かきくらし猶ふる物や花見籠　盛勝（金沢　名村）
花ざかりかく樽酔《ソンエヒ》のいつ迄も　任志（金沢　杉野）

さげ重　提げ重。「提げ重箱」の略。江戸時代の私娼の一。表向きは提げ重箱に食物を入れ、売り歩くようすをした。
跡付　遊女の後方から見張りとしてついて行く男。妓夫。
馬上盞　盃の一種。高台が高く、そこを握って飲むもの。
五百生　仏語。六道の迷界に五百回生れ変わること。幾度も生まれ変わること。
かきくらし　掻き暗す。
ふる物　古物。古くから伝わった品物。「降るもの」を掛ける。

遠めくや莨若は狼煙《ノロシ》花軍《イクサ》　吟嘲（金沢　宮崎）
樽や枕八千夜しねばや月と花　宗硯（金沢　大西）
かた袖はもぎてなりとも花盛　薫煙
花に上戸物はかなしやこさかづき　可静
花に下戸いひわんや上戸にをいてをや　頼元
まつ花や猶面拝の時に御酒　直賢
花筏階なれや水やしろ　加叡
花の昼馬にくら置時分哉　鶯子

莨若　煙草のこと。
八千夜　やちよ。八千の夜。
かた袖はもぎて　片袖様の前で転んだときは、着物の片袖をもぎとって置いてこないと災難にあうとされる、路傍の神。中国・四国地方に多い。
面拝　人に面会することをへりくだって言う語。
水やしろ　水社。

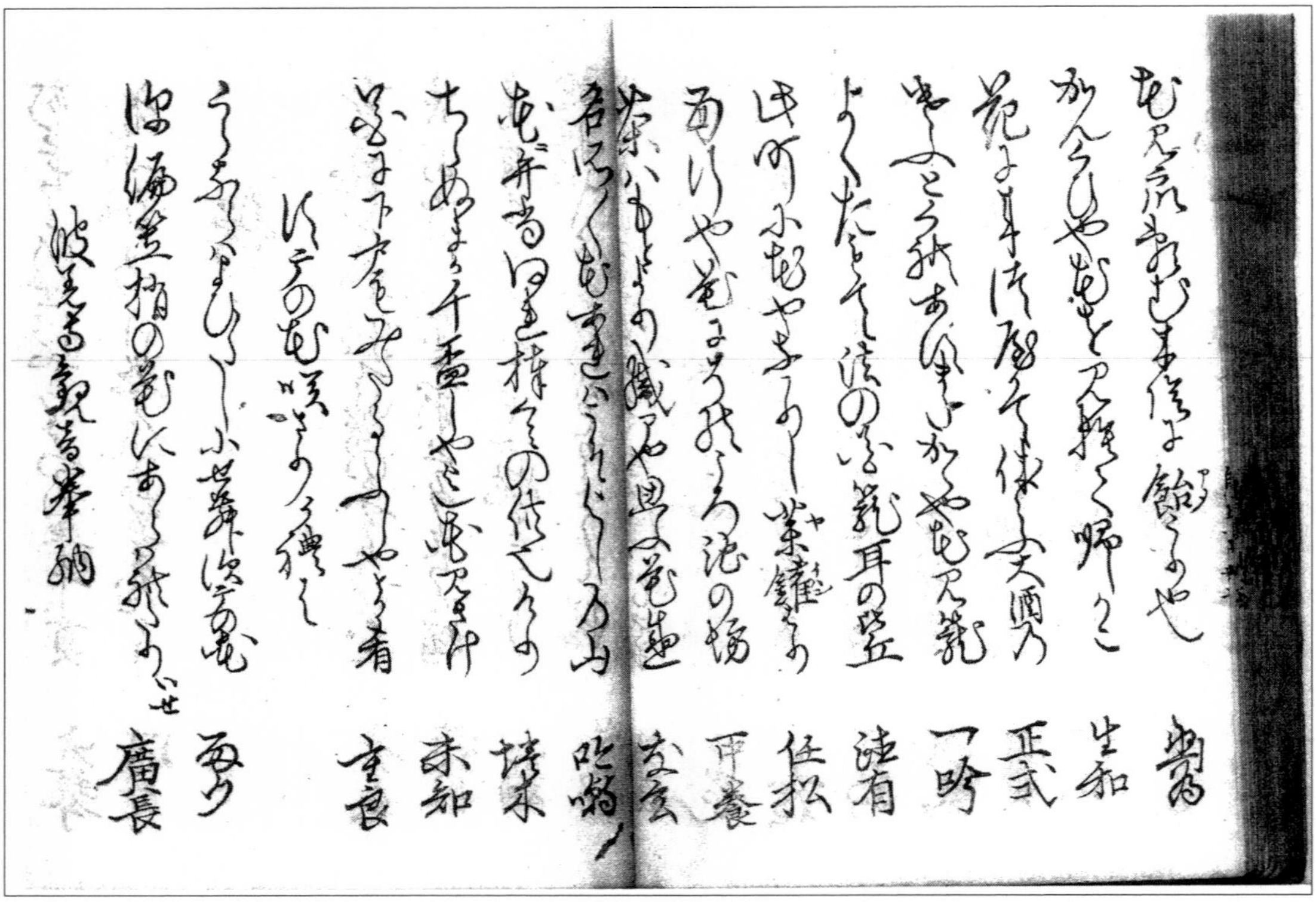

花見衆頼む木陰に飴《アメ》うりや　幽為（松任　岡田）
がんくひや花を見捨て帰かご　生和（小松　鈴木）
花に来つやがて休らふ大酒の　正式（金沢　河副）
けふとくれあすまたかくや花見籠　一吟（金沢　宇野）
よくたもて法の花籠耳の比丘　徳有（能州七尾　富士野）
此町に花やなかりし薬罐《ヤクワン》はり　任松（金沢　日置）
西行や花にそのころ池の坊　可養（金沢　谷）
茶はもとより織部や思ふ花盛　友玄（宮腰　坂村）

がんくひ　雁食い。美味であるガンの肉を食うようなぜいたく。
やがて休らふ大酒の　謡曲『熊野《ゆや》』「東路さして行く道の、やがて休らふ逢坂の、関の戸ざしも心して」。
織部　茶人・古田織部。古田重然《しげなり》。

名所〱花あればこそよしの山　吟嘲（金沢　宮崎）
花ニ弁当何れ棒くみの供也けり　捲木
ちらぬまか千盃しや迄花見さけ　未知
花に下戸もみだるゝふしやとり肴　重良（能州七尾　菊野）
　須磨の花咲さりかれば
くらならばよびだしにせむ須磨の花　雨夕（金沢　藤井）
深編笠梢の花にあらはれたり　いせ　廣長（山田　上田）
　波着寺観音奉納

棒くみ　駕籠舁きの相棒、仲間。
波着寺　はちゃくじ。開基、神亀年間（七二四～七二九）、白山を開かれた泰澄大師が一乗谷に堂宇を建立。山号白山。白山の本地仏として十一面観音が御本尊。波着観音として信仰を集めた。一六一九年（元和五年）加賀三代藩主前田利常の時、現在地に移転された。江戸時代には、一万坪の境内地があった。現在も白山町として地名が残る。現住所金沢市石引二丁目一八-一。真言宗。

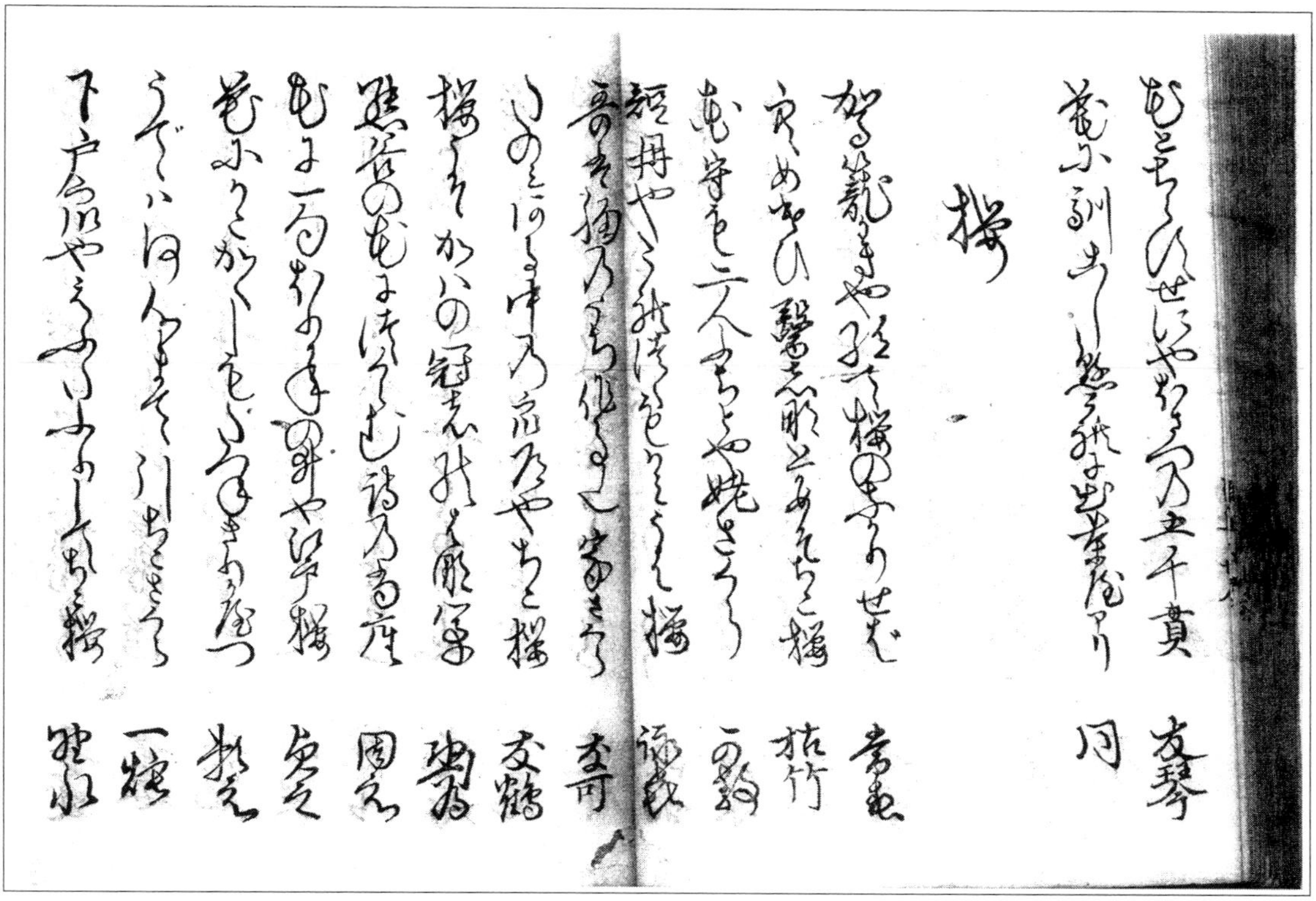

花とちらすぜにやぼさつの五千貫　友琴
花に馴こし懸これに出茶屋アリ　同

桜

駕籠かきや絶て桜のなかりせば　常春（金沢　山田）
空め遣ひ醫者などがめそちご桜　枯竹
花守も二人ぶちとや姥ざくら　可静
短冊やたれつくもがみうば桜　詠喜（金沢　奥津）

出茶屋　道端などに小屋掛けをしている茶店。
絶て桜のなかりせば　「世の中にたえて桜のなかりせば春の心はのどけからまし」（『古今集』在原業平）。
空め遣ひ　空目遣い。
ちご桜　稚児桜。稚児を指す。
姥さくら　姥桜。花の盛りに葉がない桜を、歯のない姥にかけたもので、かなりの年増でありながら艶かしい女性もいうようになった。
つくもがみ　付喪神。九十九神。付喪神。日本に伝わる、長い年月を経た道具などに神や精霊（霊魂）などが宿ったものである。人をたぶらかすとされた。

哥は胸のうち作事也家ざくら　友可
たのみある中の衆道やちご桜　友鶴
桜こそかばの冠者のはな軍　幽為
熊谷の花につくらむ詩の当座　因元
花に一句ほりかねの井や江戸桜　貞之
花にかごかくしもたづねきりがやつ　頼元
うでは何心まで引ちござくら　一煙
下戸衆やえふたふりしてちご桜　野水

作事　普請。
家ざくら　家桜。人家の庭に植えてある桜。
たのみ　結納。
かばの冠者　蒲の冠者。源範頼の通称。遠江国蒲御厨《かばのみくりや》の生まれなのでいう。範頼の伝説に由来する蒲ザクラは天然記念物に指定され、日本五大桜と呼ばれる。
熊谷の桜　熊谷桜堤の桜は江戸時代から桜の名所として知られる。
当座　歌会・句会などで、その席上で出される題。
ほりかねの井　堀兼之井。埼玉県狭山市堀兼の堀兼神社境内にある。
かくしも　こんなにも。こんなでも。
きりがやつ　桐が谷。霧谷。桜の一品種。花は淡紅色で、多くは八重咲き。鎌倉の桐ヶ谷から出たといい、最高の品種とされる。きりがやや。
うでは何　腕無しを掛けるか。

散しなごり煙草盆《タバコ》には桜屋あり　是友（金沢　小倉）
うる花やぜにかはり行伊勢桜　大坂　重安
勿論入相峯のあらしや山ざくら　不能
梅はとび桜にはしる暮春也　直賢
短冊や御あはれみのうばざくら　歓生
うば桜よぶや祖母〳〵雨のこゑ　定房（奥州　二平）
桜ちる木の下駕籠や空直なし　光覚
葉にとまるてふは蚕か糸ざくら　文下（城ケ端）

伊勢桜　伊勢神宮の桜。
入相　日の暮れるころ。たそがれ時。夕暮れ。
空直なし　そらねなし。かけ値なし。
糸ざくら　シダレザクラの別名。

あめ風に糊地のゑぼし桜かな　幸政（岩瀬　岩成）
ちご桜誘ふあらしやむりやつこ　近喜
これがちがの塩釜桜や荷ひ茶屋　元堅
小短冊をしつまくつつ桜につけて　古庭（金沢　藤丸）
花生は竹のみやこかいせざくら　一元（金沢　伊藤）
鞭はすてむ桜の馬場のゆふあらし　盛勝（金沢　桑村）
ちる花の昼をば何とうば桜　重治（能州　八田）
桜狩や松にも花をかし座敷　流霞（金沢　大住）

糊地　漆器で、木地に糊と胡粉または砥《と》の粉を混ぜて塗り、下地とするもの。糊下地。
ゑぼし桜　烏帽子桜。
むりやつこ　無理奴か。
ちが　千賀の浦。宮城県松島湾の南西部の浜。塩釜の浦。千賀の塩釜。歌枕。
塩釜桜　塩釜神社にある「塩釜桜」。八重桜。
荷ひ茶屋　担ひ茶屋。中世から江戸末期まで、茶道具一式を振り分けにかつぎ歩き、客の求めに応じて茶を立てた行商人。
かし座敷　貸し座敷。料金を取って会合・食事などに貸す座敷。貸席。男女の密会に貸す座敷。また、その家。

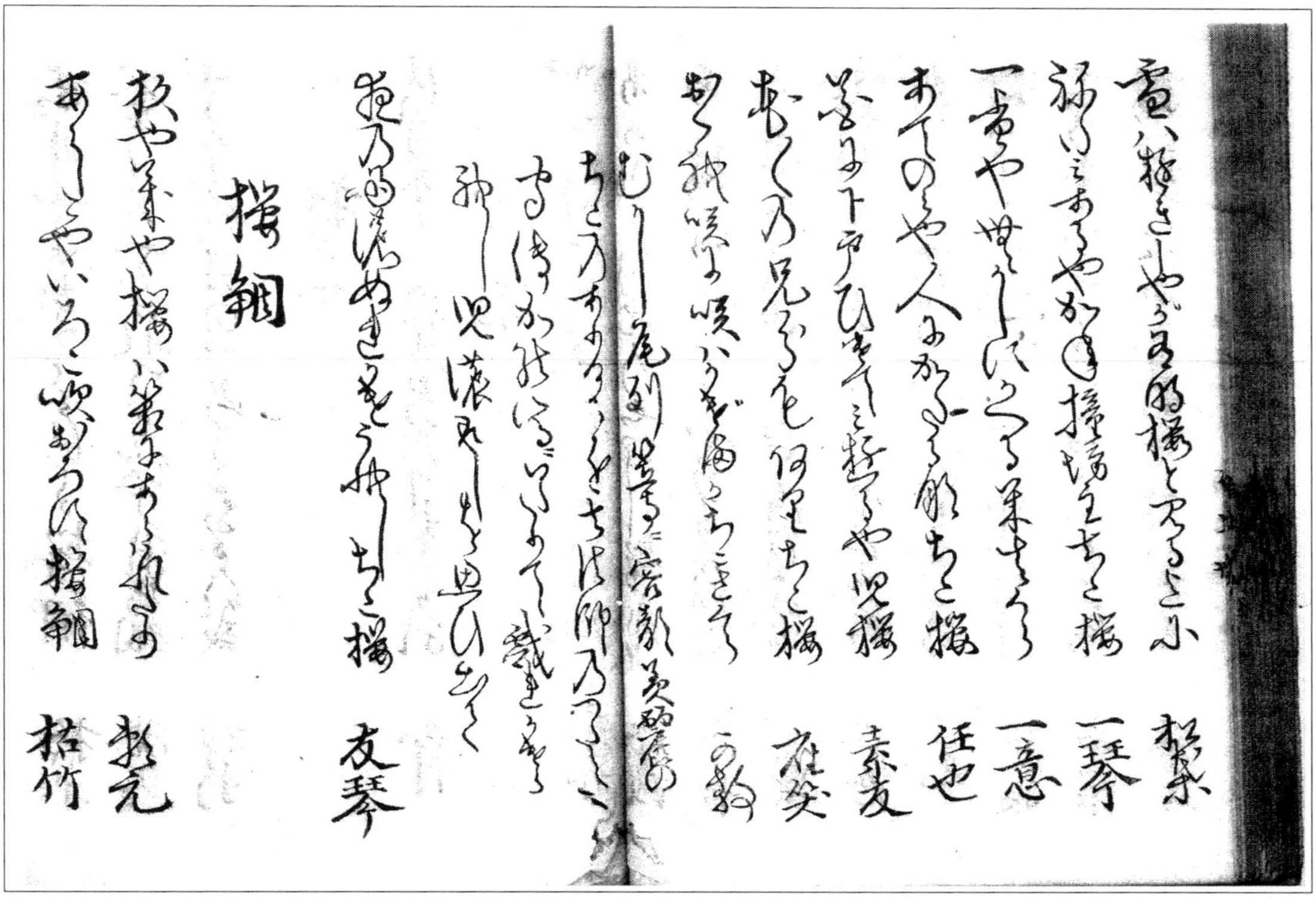

雪はゆきしやが有明桜と見る迄に　松葉

ねたみあるやかね撞坊主ちご桜　一琴

一盃やむかしにかへる米ざくら　一意

あてのみや人にかたるなちご桜　任也

花に下戸ひけてみゆるや児桜　素友

花〱の兄分もありちご桜　座笑

おくれ咲に咲はかげまかちござくら　可静

むかし尾州笠寺に容顔美麗の

有明桜　ありあけざくら。桜の一品種。

米ざくら　シジミバナの別称。バラ科の落葉低木。

あてのみや　霊元天皇（承応三年五月二十五日～享保十七年八月六日）は、江戸時代前期の第一一二代天皇（在位：寛文三年一月二十六日～貞享四年三月二十一日）。性格的に奔放な部分があり、側近の若い公家たちとともに問題行動を起こすこともあり、これを諫めた公卿が勅勘などの処分を受ける事例があった。寛文十一年には側近とともに宮中で花見の宴を開いて泥酔する事件を起こしている。歌道および諸芸に秀でる。

兄分　男色関係で、年上の者。

かげま　陰間。男娼の総称。

ちごのありけるを土法師のつたえ

聞傳かの所ニいたりて戯れかけら

れし児の返しを思ひ出て

夜の雨のぬれかけうれしちご桜　友琴

桜鯛

杉や歳や桜は箱にあらはれたり　頼元

あらしとやいろこ吹おろす桜鯛　枯竹

いろこ　鱗の古形うろこ。いろくず。

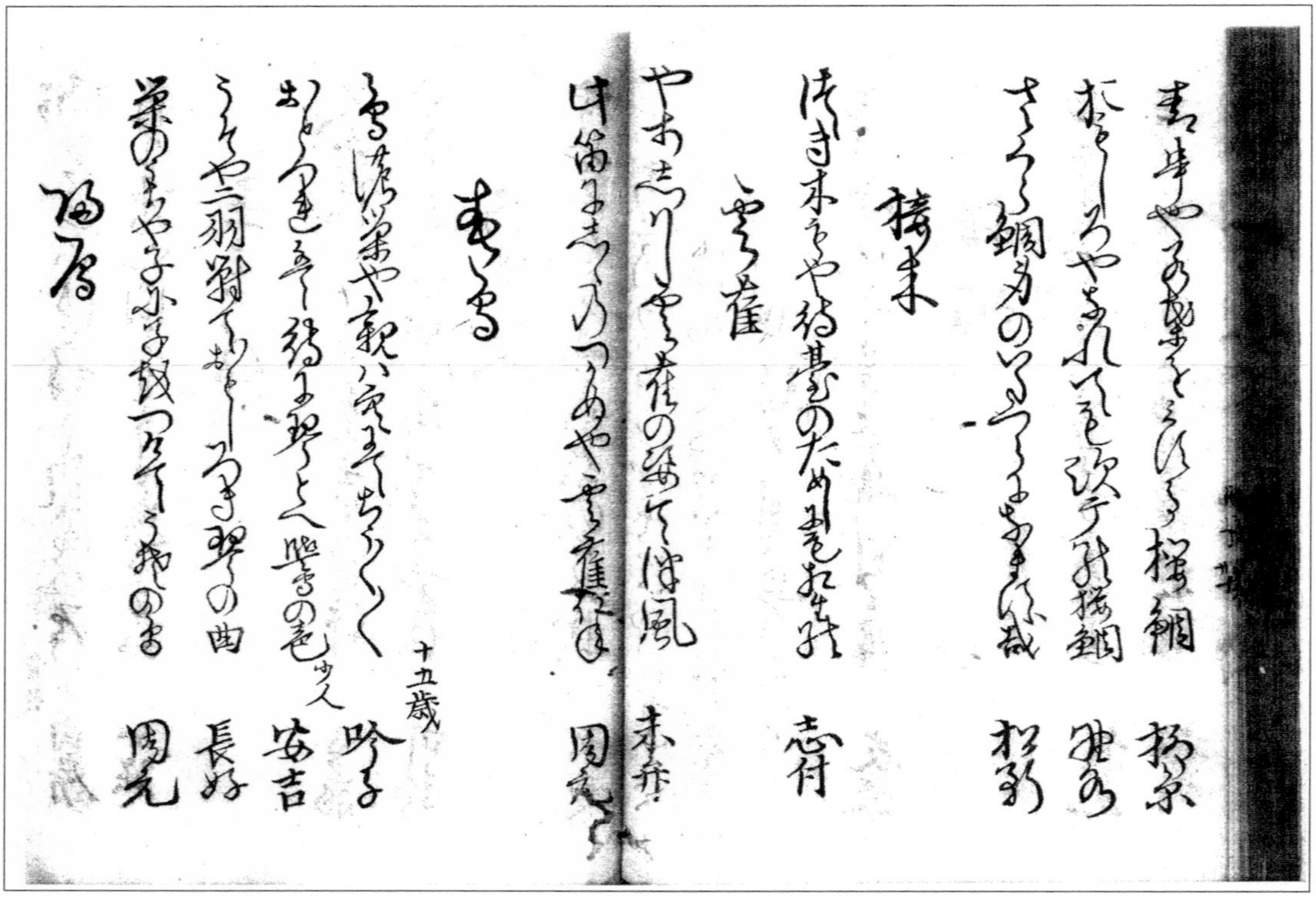

青串や若葉をみする桜鯛　柳糸
おもしろやなれても須磨の桜鯛　野水
さくら鯛身のいたづらになます哉　松軒
接木
つき木もや待臺のためしにも相生の　志付（魚津　山川）
雲雀
やあしばし雲雀の姿天津風　未弁（金沢　飯山）

なれて　熟成して味がよくなるの意。熟れ鮨。
身のいたづらに　「あはれともいふべき人は思ほえで身のいたづらになりぬべきかな」（『百人一首』謙徳公）。
待臺のためしにも相生の　謡曲『高砂』「高砂の末代のためしにも相生の松ぞめでたき」。
天津風　「天津風　雲の通ひ路じ吹き閉ぢよをとめの姿しばしとどめむ」（『百人一首』僧正遍照）。

此笛にしゝのつかぬや雲雀ほね　因元（金沢　高橋）
春鳥
鳥の巣や親は空にてちう〳〵〳〵　十五歳　吟子
おとづれは待に琴とへ鷽の声　少人　安吉
うそや二羽對ておもしろき琴の曲　長好
巣のうちや子に子をつけてうその鳥　因元
帰鴈

しゝのつかぬ　肉がつかない。
雲雀ほね　雲雀骨。やせて骨張っていること。
鷽　ウソの鳴く時の仕草は琴をつまびくように見える。

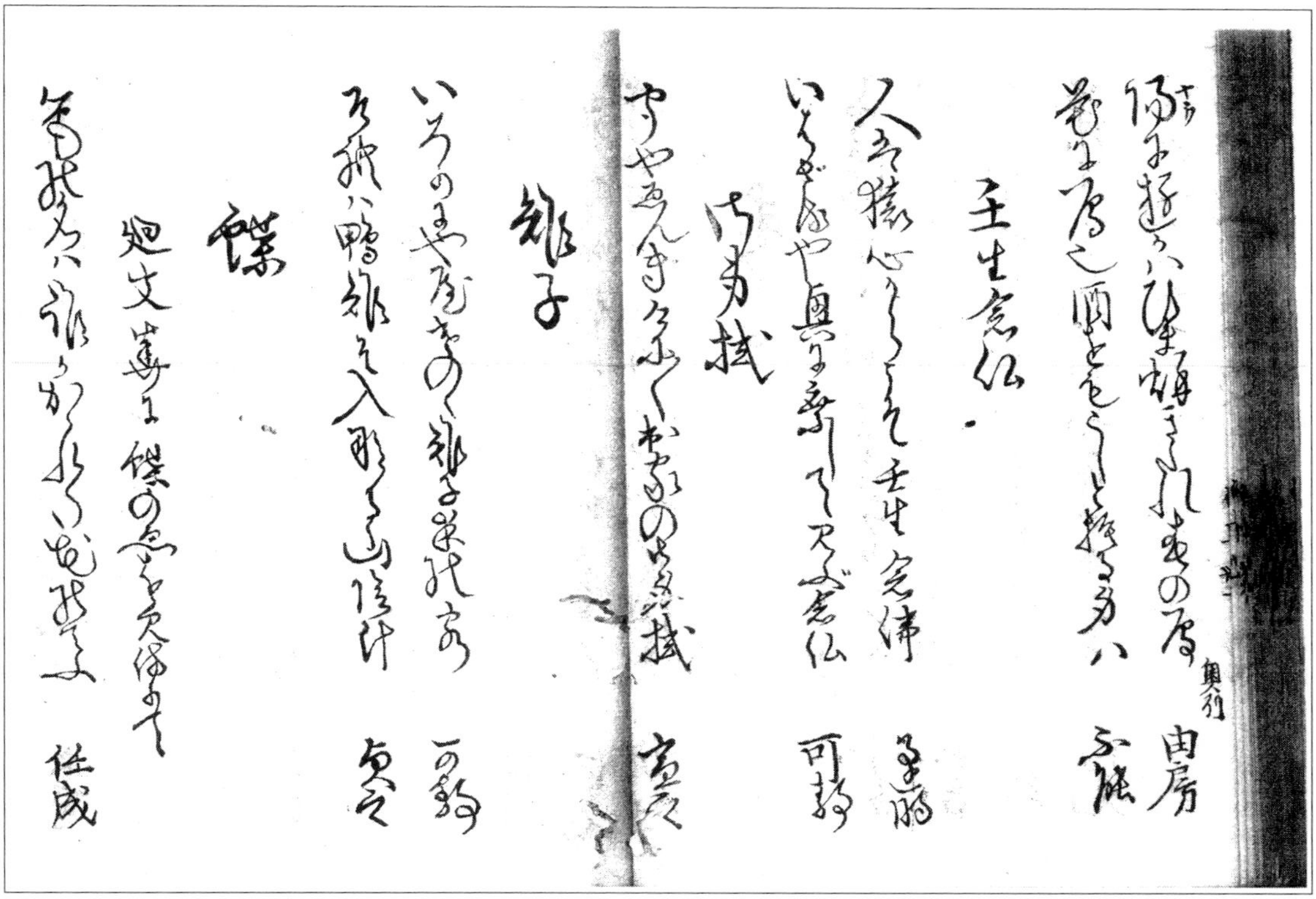

陽《ヤウ》にゆかばひま炑きたれ春の鳫　奥州　由房（二平）
花に鳫也酒をもうしと捨る身は　不能
壬生念仏
人は猿心からこそ壬生念佛　遅明
いはざるや輿に乗じてみぶ念仏　可静
御身拭
聞やゑんぎげにく出家の御身拭　宣之（松任　笠間）

酒をもうしと捨る身は　謡曲『忠度』「ワキ・ワキツレ 花をも憂しと捨つる身の、花をも憂しと捨つる身乃月にも雲は厭はじ」。
壬生念仏　京都市中京区の壬生寺で、陰暦三月十四日から一〇日間、現在は四月二十一日から二十九日まで行われる念仏法会。
いはざるや　三猿の一つ「言は猿」を掛ける。
御身拭　おみぬぐい。寺院で、本尊を白布でぬぐい清めること。京都嵯峨の清涼寺で行われる、本尊の釈迦像を清める行事が有名。

雉子
いろりにややけの丶雉子夜の客　可静
それは鴨雉そ入なる山陰汁　貞之
蝶
廻文華に蝶のゑを見侍りて
筆の名は誰かか丶れた花のてふ　任成

やけの丶雉子夜の客　「焼野の雉子、夜の鶴」のもじり。「焼野の雉子、夜の鶴」は、子を思う親の情愛が深いことのたとえ。巣のある野を焼かれても、雉は危険を顧みずにわが子を助け、霜の降りる寒い夜に鶴は自分の羽を広げて子を暖めるとされる。

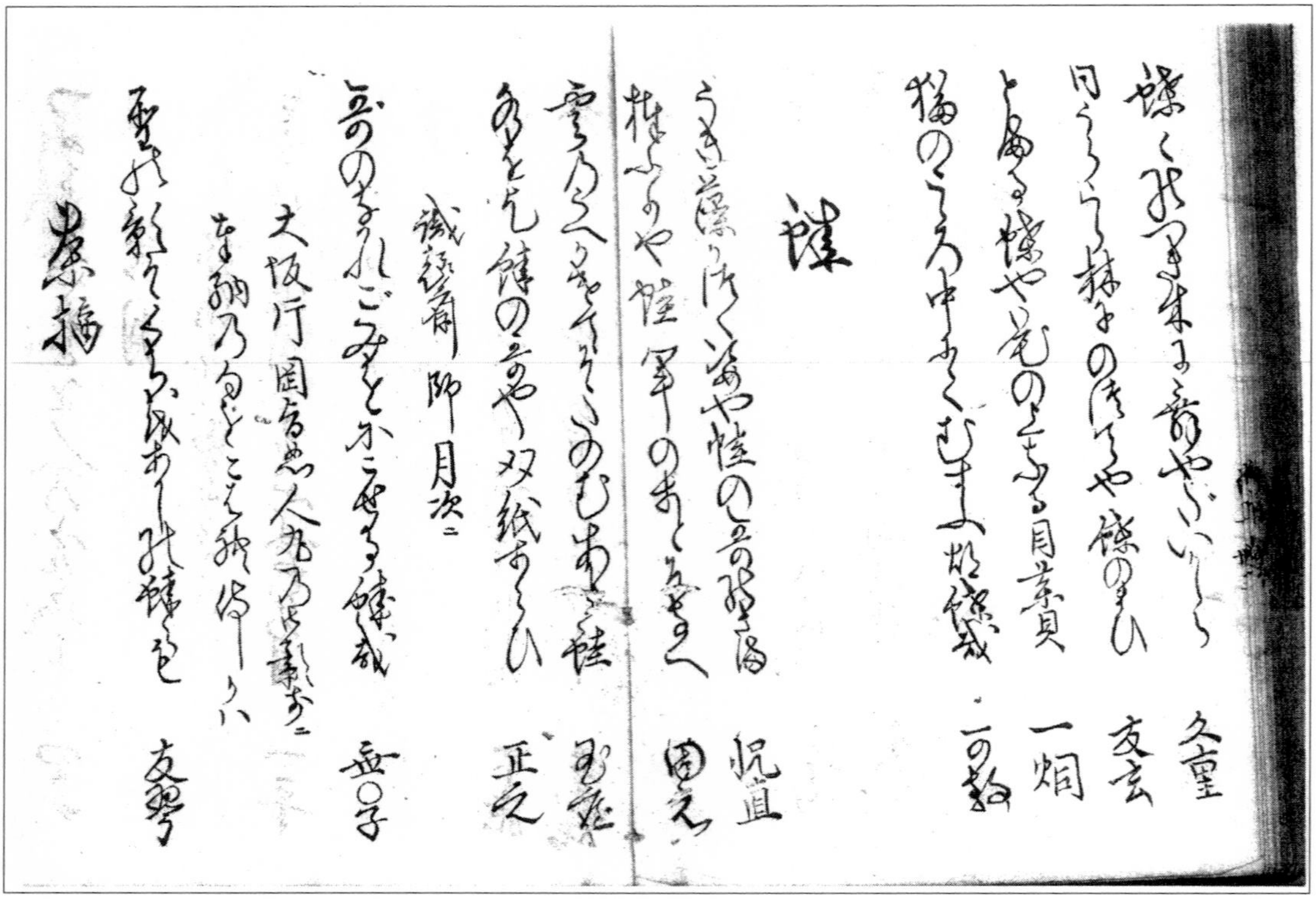

蝶〻のつぎ木に舞やだいがしら　久重
日うらうら林にのつてや蝶のまひ　友玄
とまる蝶や花の上なる目薬貝　一烟
猫のこゝろ中にてむすぶ胡蝶哉　可静

蛙

うき藻かづく姿や蛙の哥のさま　悦直（魚津　川上）
棒ふりや蛙軍のあとそなへ　因元

だいがしら　大頭。幸若舞の流派の一。
目薬貝　めぐすりがい。目薬を入れる貝。蛤の貝が用いられた。
棒ふり　江戸時代、幕府の両番および大番が勤めた江戸市中の巡察。
蛙軍　かえるいくさ。群れ集まった蛙が先を争って交尾するさま。かわずいくさ。

雲のうへかけてぞたのむあま蛙　玉庭（金沢　荒城）
水を乞蛙の哥や双紙あらひ　正之
識趣斎師月次ニ
哥のながれごみをにごせる蛙哉　無〇子
大坂片岡旨恕人丸の御影前ニ
奉納の句をこはれ侍しかば
聖の影ぞくちをあかしの蛙らも　友琴

茶摘

かけてぞたのむ　「行き帰る八十氏人の玉かづらかけてぞ頼む葵てふ名を」（『後撰集』よみびとしらず）。
双紙あらひ　謡曲『草紙洗小町』。歌合を舞台に小野小町が、大伴黒主の姦策を機知によって退ける様を描く。ここでは小野小町が草紙洗いに使ったという伝説にまつわる井戸のことか。
片岡旨恕　かたおかしじょ。俳諧師・連歌作者。西鶴の俳友。西山宗因の門。

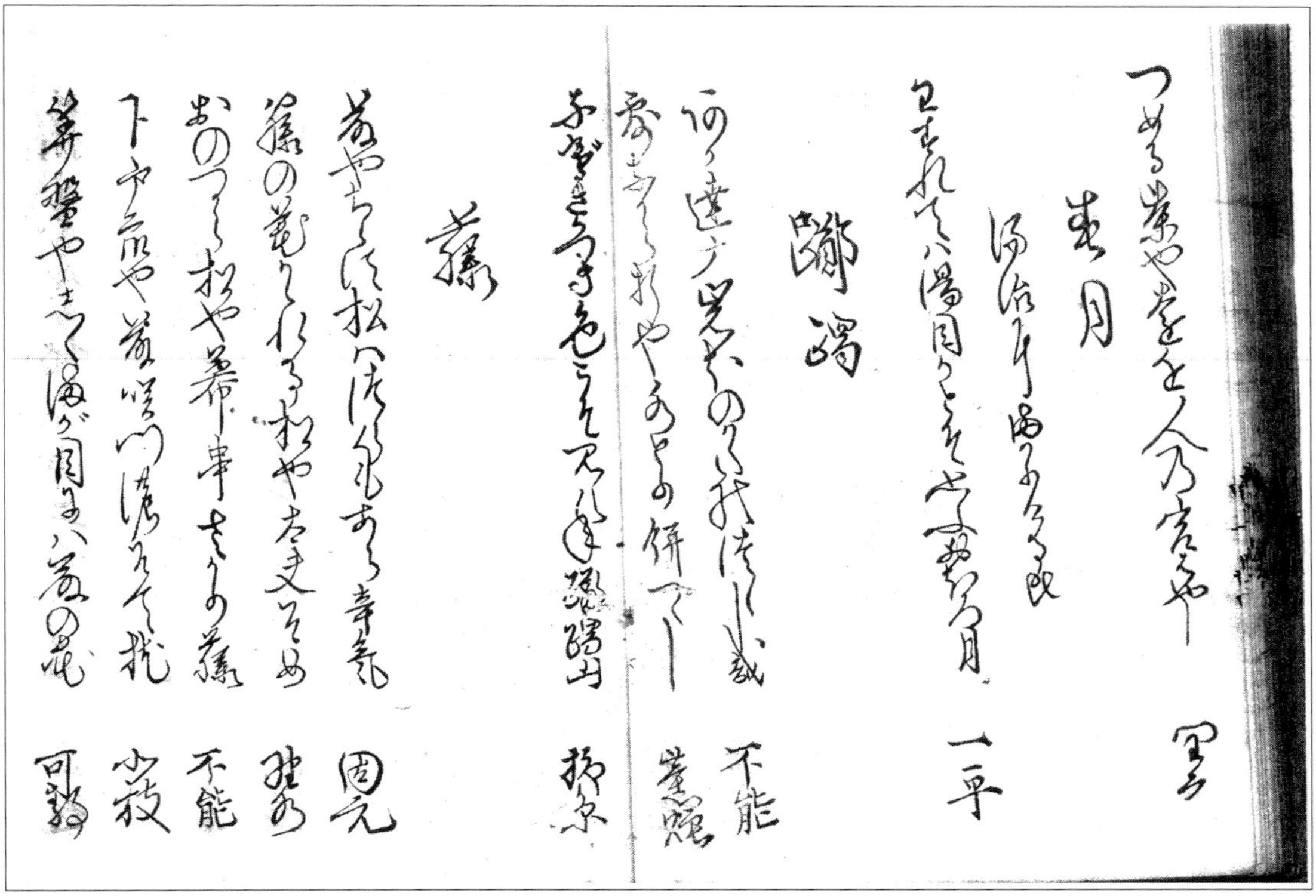

つめる茶や遠近人の宮ばやし　閭之

春月

湯治にまかりける比

わすれては湯目かとぞ思ふおぼろ月　一平

躑躅

あか達磨岩ほのかたのつゝじ哉　不能

露ながら折や水とり餅つゝじ　薫煙

宮ばやし　宮囃子。

わすれては湯目かとぞ思ふ　「忘れては夢かとぞ思ふ思ひきやゆきふみわけて君を見むとは」（『古今集』伊勢）。湯目と夢とを掛けるか。おぼろ月が「湯目」に見える。

岩ほ　岩のあたり。

なげさかづき色こそ見えね躑躅山　柳糸

藤

藤やちらす松はつらくもあら辛気　因元

藤の花かゝれる松や太夫ぞめ　野水

おのづから松や幕串さがり藤　不能

下戸衆や藤咲門のそで枕　北枝

箏盤やしゝまが目には藤の花　可静

躑躅山　和泉西国三十三ヶ所霊場第三十一番札所躑躅山林昌寺は大阪府泉南市信達岡中三九五にある真言宗御室派の仏教寺院。札所本尊は如意輪観世音菩薩。

辛気　心がくさくさして晴れやかでないこと。

太夫ぞめ　義太夫節の竹本染太夫。

幕串　幕を張るために土に打ちこんで立てる細い柱。幕柱。幕杭。

そで枕　着ている着物の袖を枕とすること。また、その袖。

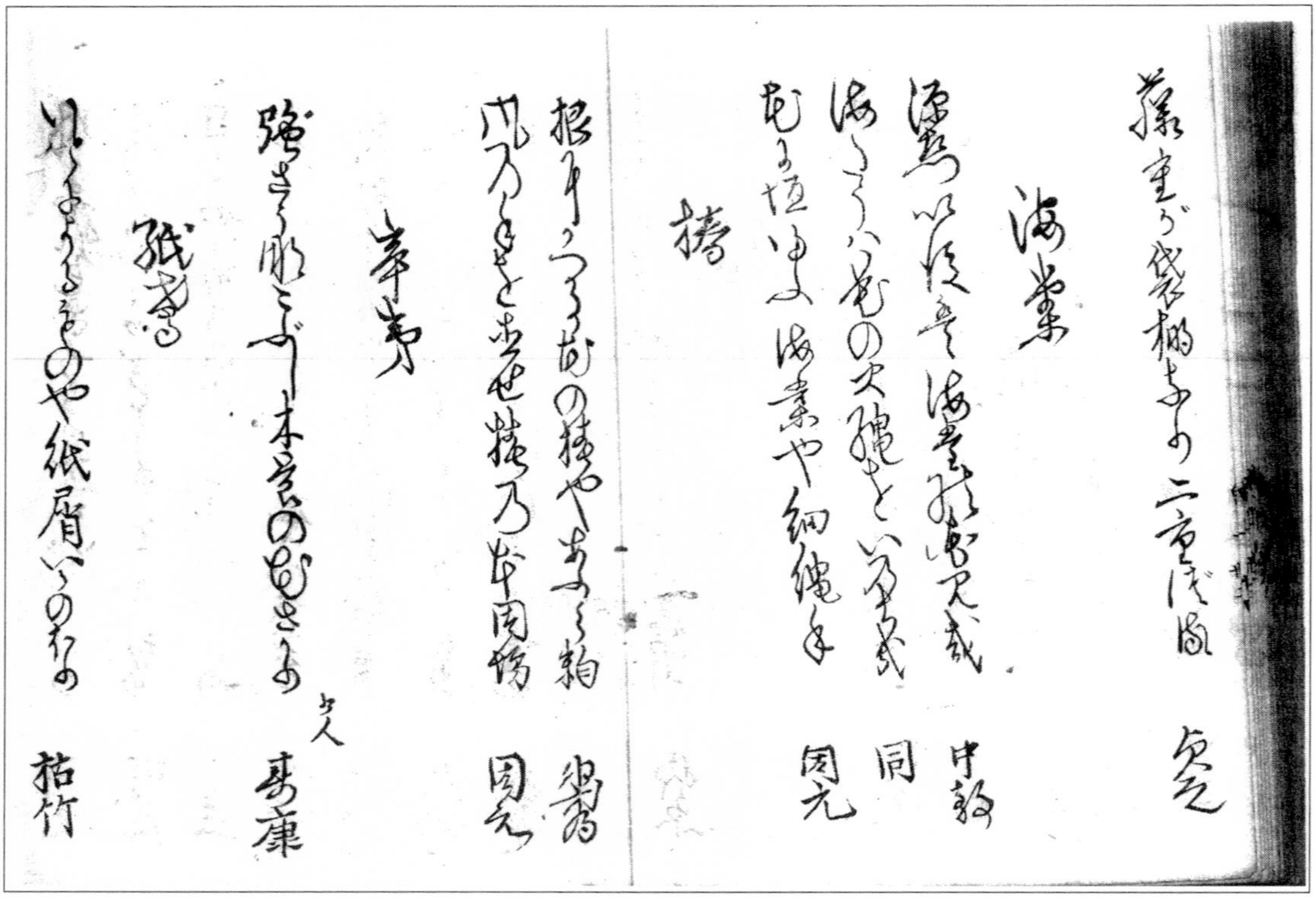

藤重が袋棚なり二重づる　貞之

海棠

源左門以後は海棠の花見哉　中敦

海だうは花の火縄をいのち哉　同

花に垣ゆふ海棠や細縄手　因元

椿

藤重　藤重藤厳。江戸時代前期の塗師《ぬし》。奈良の人。慶長二十年大坂落城の際、徳川家康の命により父藤元とともにやけた宝蔵から付藻茄子《つくもなす》などの名物茶入れを発見して修復し賞された。中次の茶入れを創始したといわれる。本姓は樽井。

袋棚　床の間の脇の上部または下部に壁から張り出して設ける戸棚。天袋・地袋など。袋戸棚。

二重づる　二重蔓。

源左門　佐野源左衛門。謡曲『鉢の木』で有名。

海棠　リンゴの仲間で江戸時代に入ってくる。花海棠。

細縄手　細い縄のように長い土手。

根にかへる花の椿やあぶら粕　幽為

風の手を直せ椿の本因坊　因元

辛夷

強さうなこぶし木節の花ざかり　少人　寿康（鶴来）

紙鳶

いとによるものや紙屑いかのぼり　枯竹

木節　木のふし。

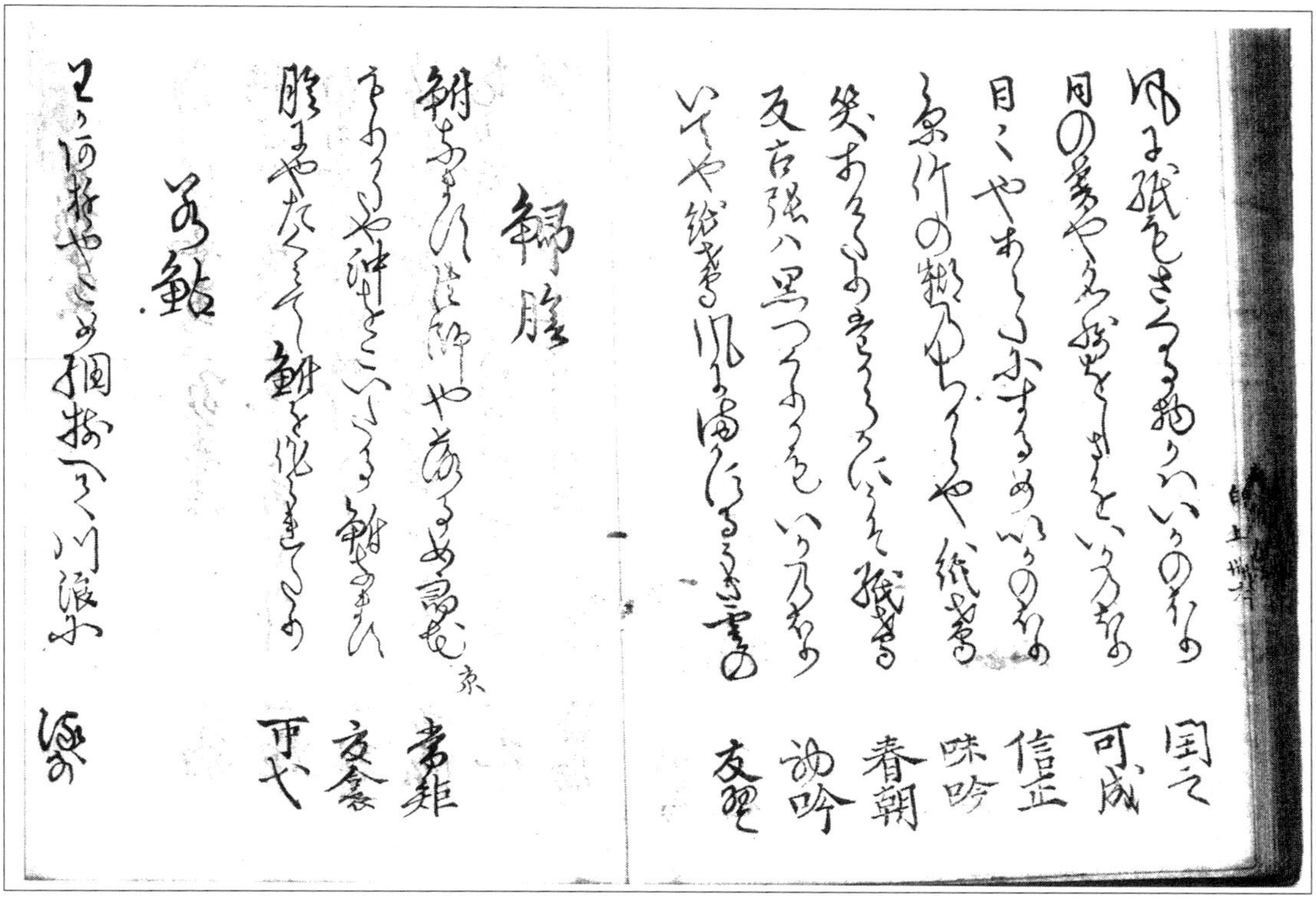

風に紙もさぐる物かはいかのぼり　閏之
日の暮や名残をしさをいかのぼり　可成（金沢　中田）
日、やあらたにするめいかのぼり　信正（松任）
糸竹の糊のちからや紙鳶　味吟（金沢　橋本）
笑あけたりたからかにこそ紙鳶　春朝（金沢　宮崎）
反古張は黒づくりかもいかのぼり　初吟（能州　宇出津　三宅）
いでや紙鳶風にまかするうき雲の　友琴

糸竹　「糸」は弦楽器、楽器。また、音楽のこと。管弦。いとたけ。
反古張　反古は古くは「ほうぐ」「ほうご」「ほぐ」「ほんぐ」「ほんご」とも。書画などをかきそこなったりして、いらなくなった紙。
黒づくり　墨で黒くなった反古紙で作った紙鳶は、「いかの黒作り」のようだ、ということ。
風にまかするうき雲の　「うき雲の風にまかする大空の行くへもしらぬはてぞ悲しき」（『式子内親王集』）。

鯽膾
鮒なます法師や落る女郎花　京　常矩（田中）
もりかたや沖をこいだる鮒なます　夏袞（金沢　高橋）
膾にやたくみて鮒を作られたり　可弋（金沢）
若鮎
わかあゆやこめ網揃へて川浪に　流外（金沢　中井）

落る女郎花　「名にめでて折れるばかりぞ女郎花我おちにきと人にかたるな」（『古今集』僧正遍照）。
たくみて鮒を作られたり　井原西鶴「沖膾たくみて舟を作られたり」（『二葉集』延宝七）。

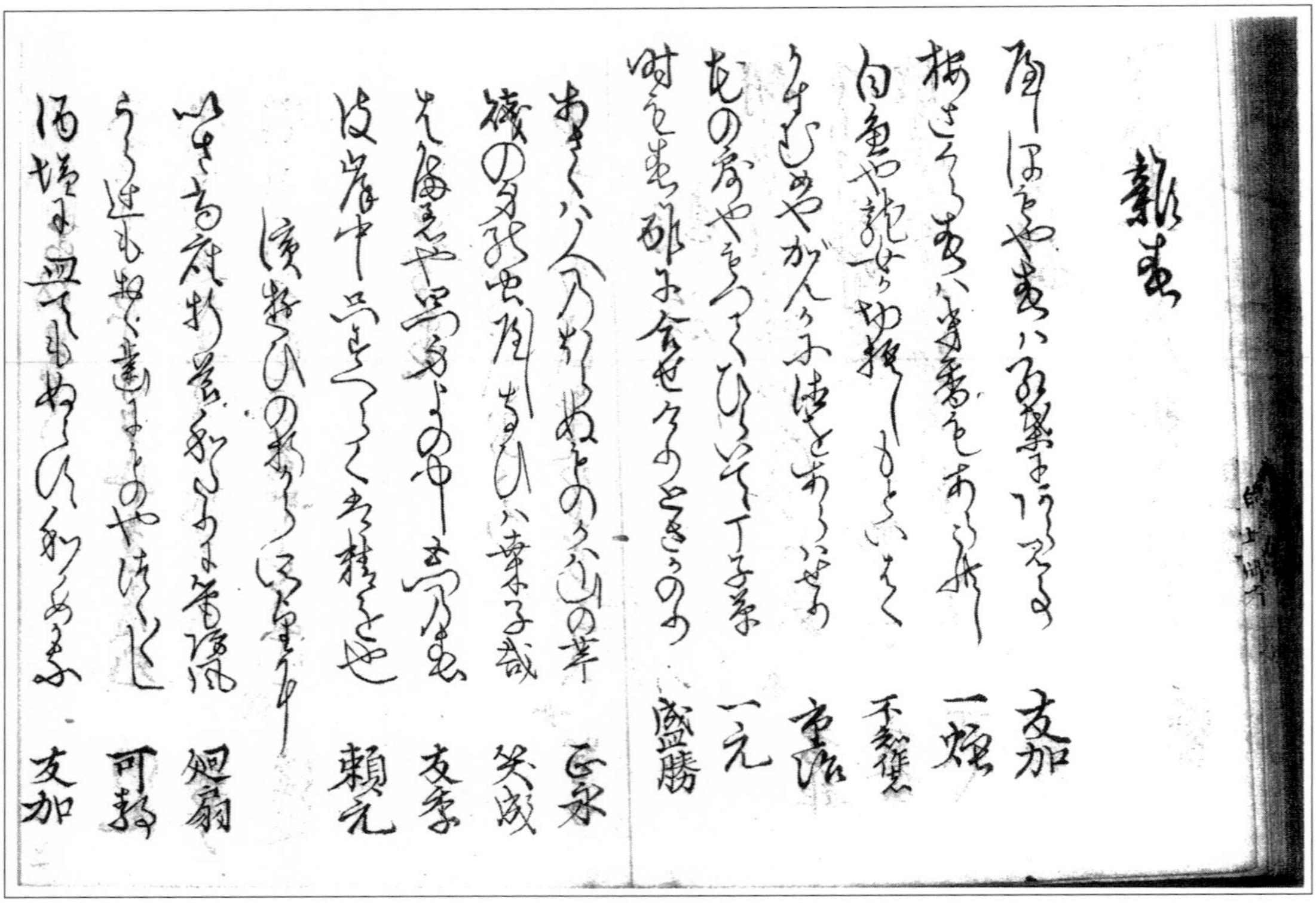

雑春

やしほもや春は紅葉にあら見事　友加（金沢　生駒）
梅ざくら春は幾香もあらうれし　一煙
白魚や龍女が切捨しもといはく　不知作者
かすむめやがんかに徳をあらはせり　重治（能州　八田）
花の露やもつてひらいて丁子草　一元（金沢　伊藤）
時も春酢に合せけりとさかのり　盛勝（金沢　桑村）

やしほ　やしお。八入。カエデの園芸品種。春の若葉が赤く、夏に緑色になる。
丁子草　ちょうじそう。薄青色の花を多数咲かせる。
とさかのり　海藻、食用にする。

あさくは人のほらぬものかは山の芋　正永（岩瀬　岩成）
賤の身の虫やしなひは桑子哉　笑成（城ケ端　長楽寺村）
はかま着や四つ身よの中五つの春　友季（金沢　正阿弥）
彼岸中只すへらくは精進也　頼元（金沢）
浜遊びの折から所望に　廻扇
いざ当座折節わたりに筆防風
うら辻もおく歯にものやつくぐし　可静（金沢　市中軒）
酒塩に皿でもぬらすわかめかな　友加（金沢　生駒）

桑子　蚕の別称。
四つ身　和裁で、身丈の四倍の長さで袖以外の身頃《みごろ》を裁つこと。また、その裁ち方で仕立てた着物。四、五歳から一〇歳前後の子供が着る。中裁ち。
わたり　渡り。定住しないで渡り歩くこと。また、その人。職人。
筆防風　ふでぼうふう。植物名。イブキボウフウの異名。セリ科の多年草。漢方では、去風の主薬である。主として風寒・風熱・風湿などの外感に使用する。
うら辻　裏辻。「寺町があまりに遠ふもあらばこそうら辻一つこえて筆かふ」（『独吟集』保友）。
おく歯にもの　奥歯に物が挟まる。思ったことをそのまま言わないで、何か隠しているような言い方をすることのたとえ。
つくぐし　土筆。つきづきしと掛けるか。
皿でもぬらす　さらでもと掛けるか。能『海人』「さらでもぬらすわが袖を。かさねてしおれとや。かたじけなの。御事や。かかる貴人の。いやしきあまの胎内に。やどり給うも一世ならず。たとえば日月の。にわたずみにうつりて、光陰をます如くなり」。

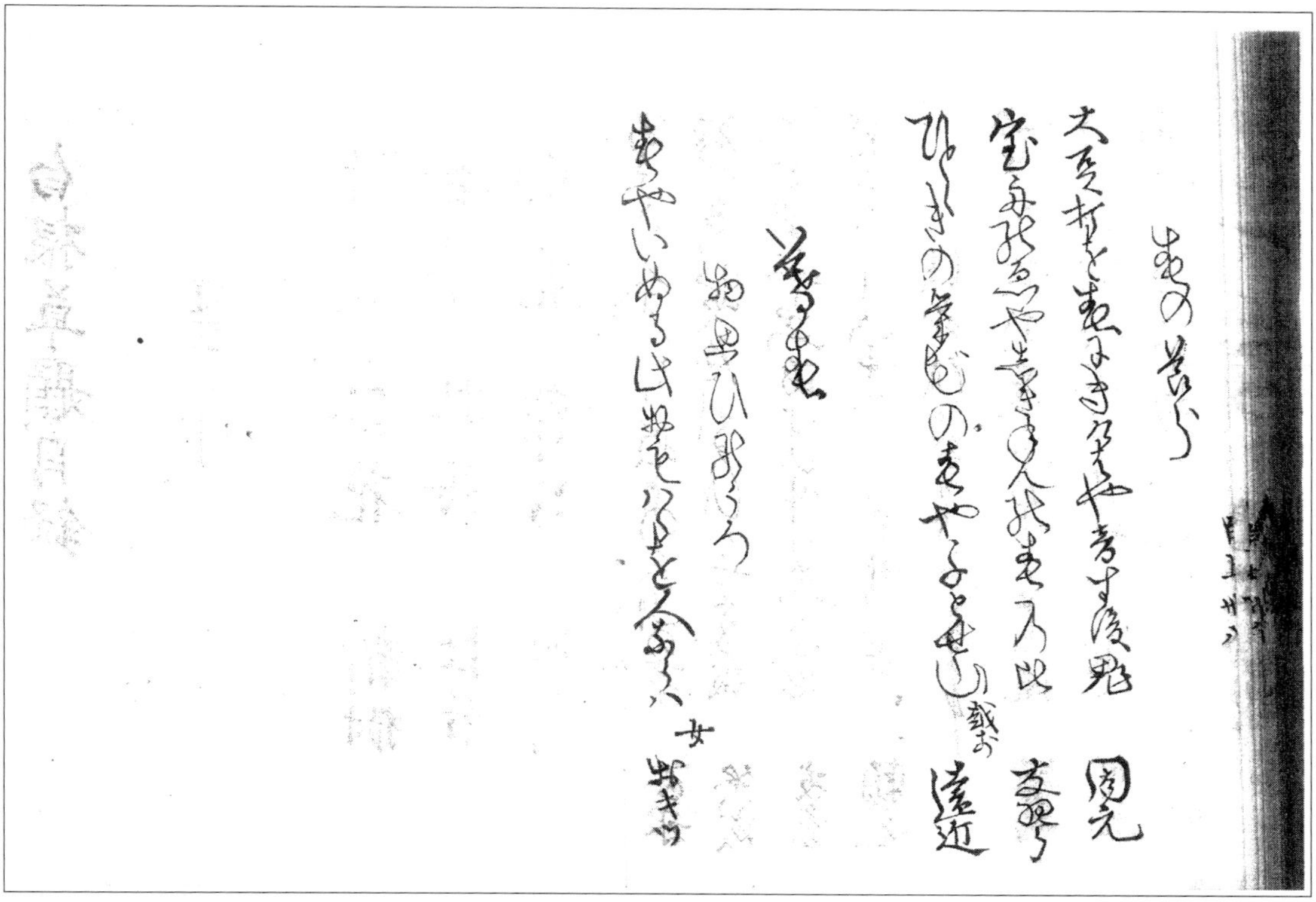

春の節分

大豆打を春にきけばや音す後鬼　因元

宝舟のゑやしきねんの春の比　友琴

ひとゝきの栄花の春や千とせ山　越前　遠近（福井府中　増永）

暮春

物思ひのころ

春やいぬる比おもはゞを人ならば　女　おキツ

大豆打　節分のまめまき。

後鬼　ごき。修験道の開祖である役小角が従えているとされる夫婦の鬼のうち、前鬼が夫、後鬼が妻。

宝舟のゑやしきねん　正月二日、または節分の夜、宝舟の絵を枕の下に敷き見た夢で吉凶を占った。「式年」と掛けるか。

千とせ山　千歳山。山形県にある古歌にも詠まれた千歳山か。

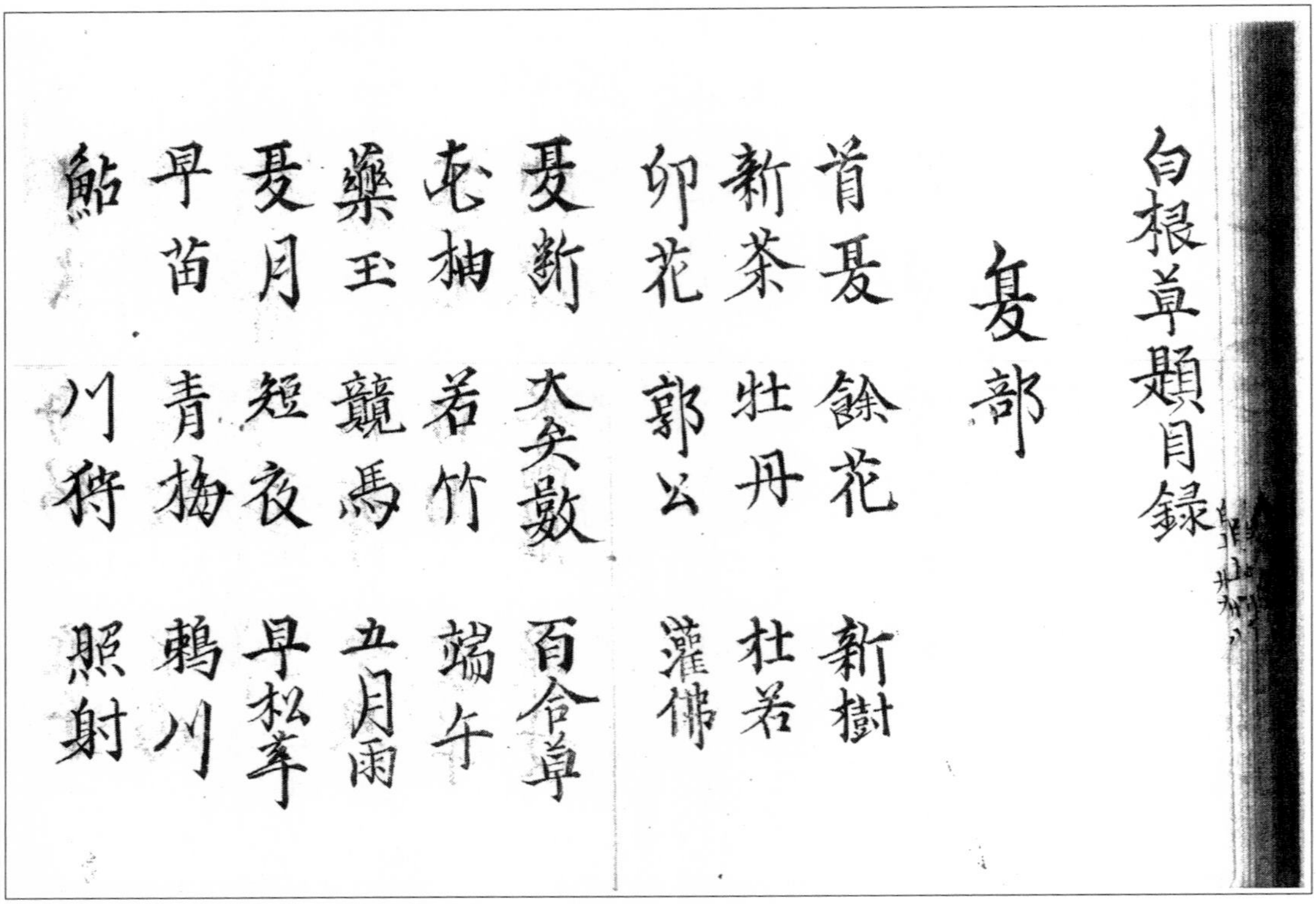

白根草題目録

夏部

首夏　餘花　新樹
新茶　牡丹　杜若
卯花　郭公　灌佛
夏断　大矢数　百合草
花柚　若竹　端午
薬玉　競馬　五月雨
夏月　短夜　早松茸
早苗　青梅　鵜川
鮎　川狩　照射

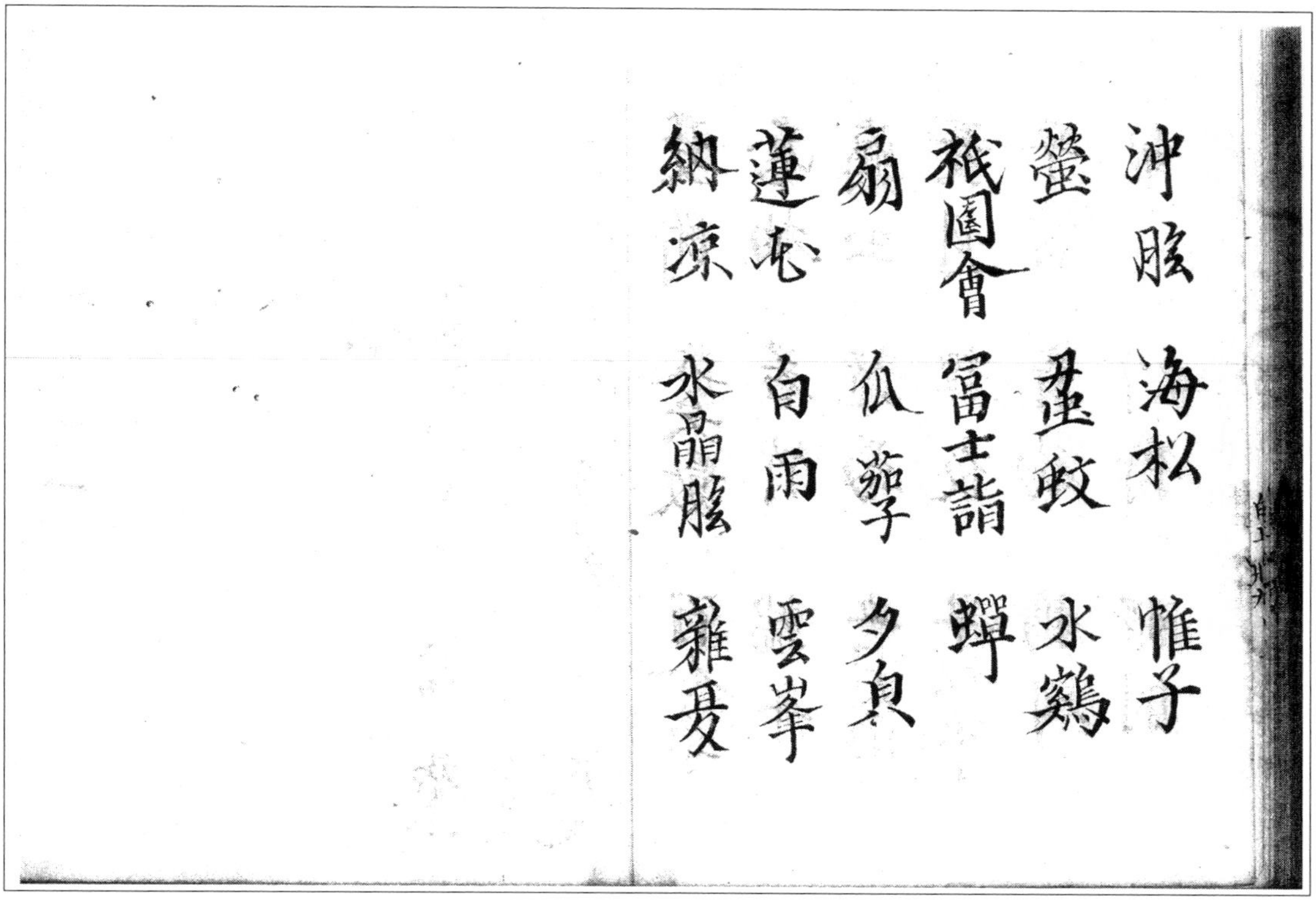

沖膾　海松　帷子
蛍　蚤蚊　水鶏
祇園會　富士詣　蝉
扇　瓜茄子　夕顔
蓮花　白雨　雲峯
納涼　水晶膾　雑夏

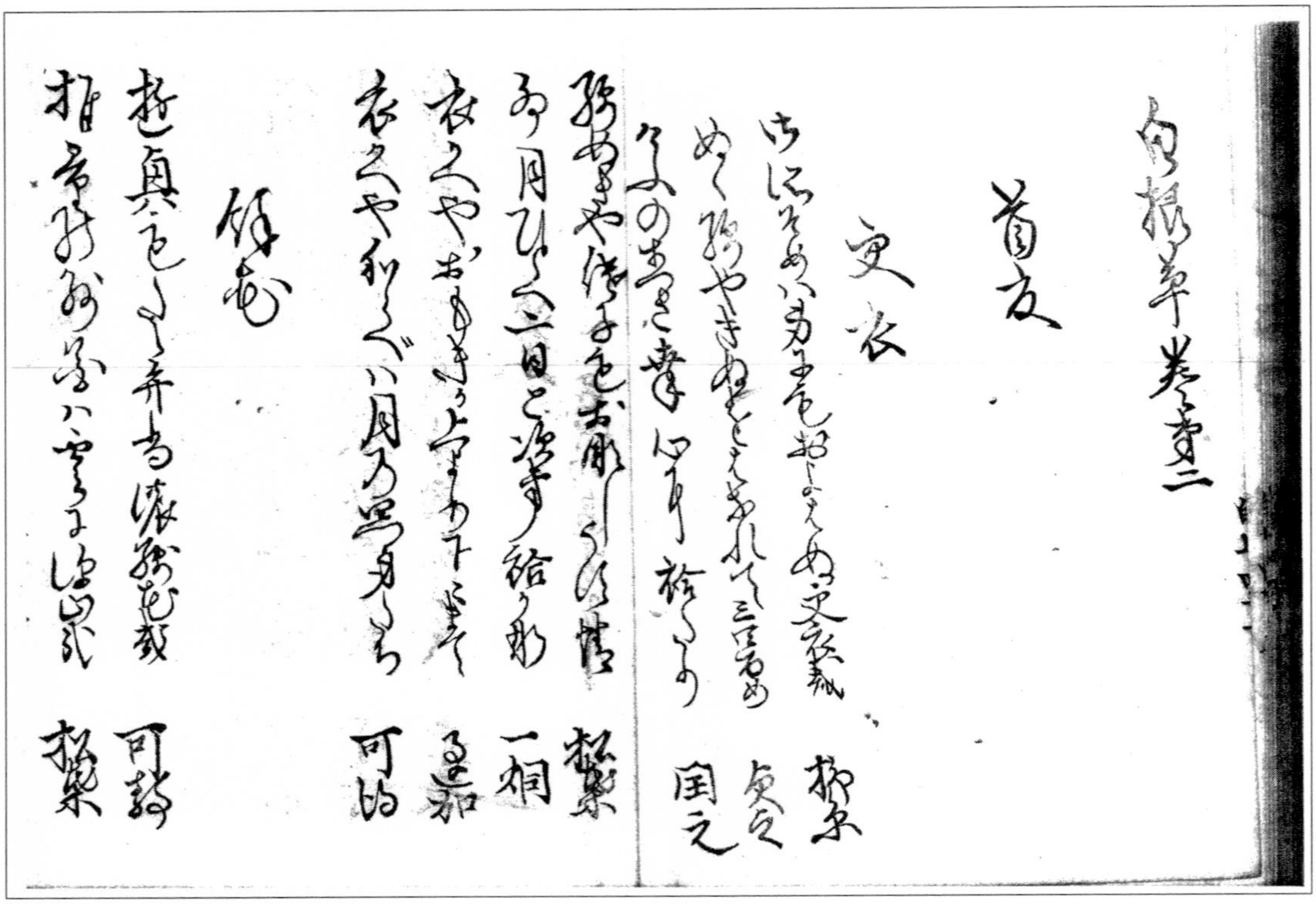

白根草　巻第二

首夏

更衣

御所ぞめは身にもおよばぬ更衣哉　柳糸

ぬく綿やきぬをはなれて三四百め　貞之

けふのあつさ幸心に袷たり　閏之

御所ぞめ　御所染め。寛永のころ、女院の御所の好みで始められたといわれる染め模様。白の地に桧垣に菊や竜田川など模様を入れた上品な散らし模様。これを模したものが各地に流行した。

ぬく綿　綿入れの綿を抜いて袷にする。

心に袷たり　心に合わせたりと掛ける。

綿ぬきや継子もおなじうす情　松葉

卯月ひとへ二日と次第袷かな　一烟

衣がへやおもきが上より下にまで　連加

衣がへやわらべは月の四つ身だち　可得

餘花

遊興もたゞ弁当の残花哉　可静

推量の餘花は雲に深山哉　松葉

継子　ままこ。血のつながりのない生みの子でない子。

四つ身だち　四つ身裁ち。

餘花　よか。おそ咲きの桜。

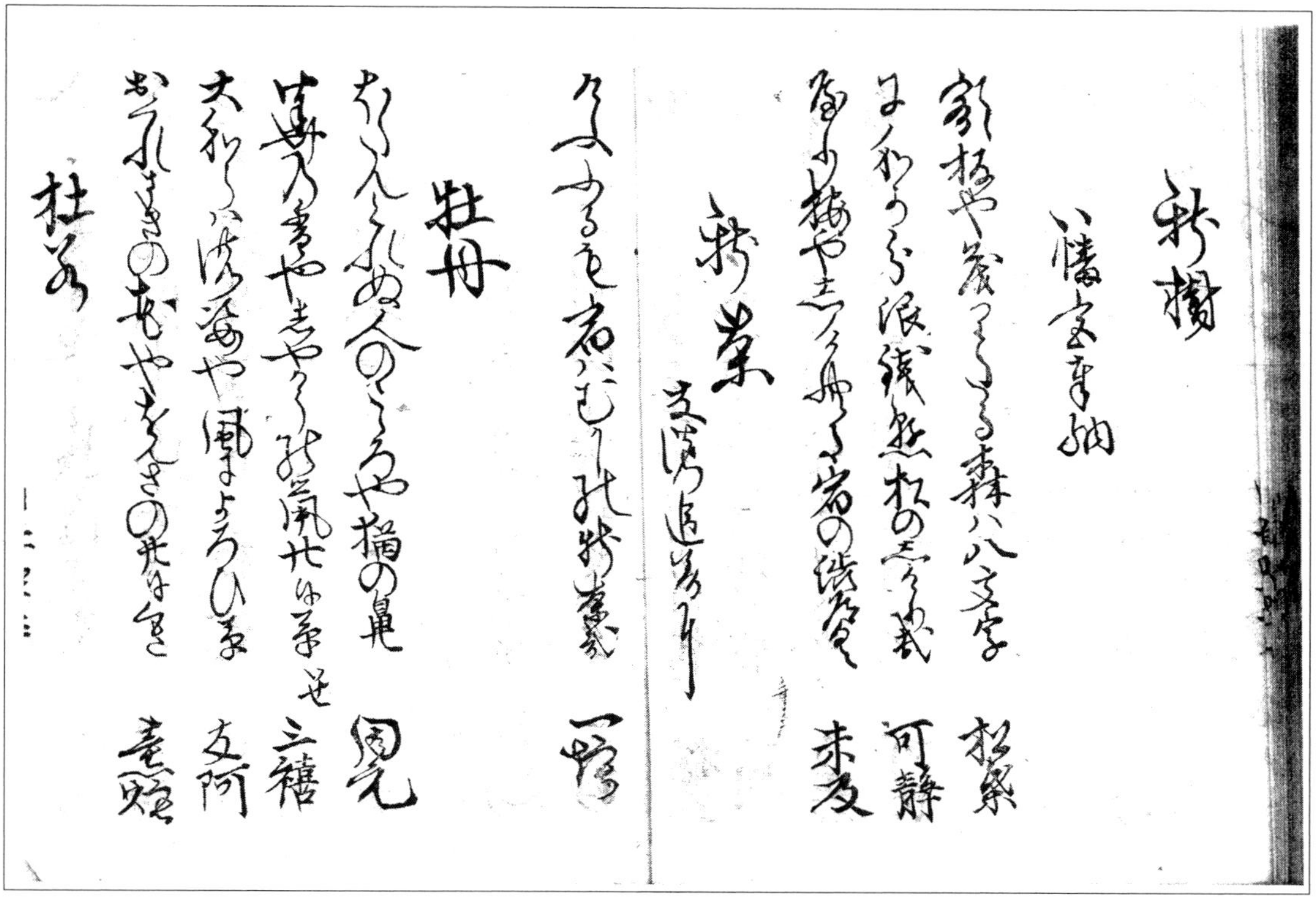

新樹

八幡宮奉納

額板や茂りたる森は八文字　　松葉

にわか分限銭懸松のしげり哉　　可静

やり梅やしげれる宿の渋道具　　未及（金沢　富利）

新茶

友の追善に

額板　がくいた。掛け額の板。鎧《よろい》の籠手《こて》の飾りの板金。

にわか分限　俄分限。急に大金持ちになること。

銭懸松　ぜにかけのまつ。高野尾町の伊勢別街道沿いの細長い集落の東はずれにある「銭懸松」と呼ばれる松。

やり梅　槍梅。空にまっすぐ咲き出す力強い槍のような梅。

けふふるも宿はむかしの新茶哉　　一煙

牡丹

ぼたんくれぬ人のこゝろや猫の鼻　　因元

華の香やじやかうの鼠廾日草　いせ　　三禧（勢州松坂　竹内）

大わらはの姿や風によろひ草　　友阿

おくれざきの花やをんさの廾日ぐさ　　薫煙

杜若

猫の鼻　諺「猫の鼻と女の尻は大暑三日の外は冷たい」。冷たいもののたとえ。

じやかうの鼠　麝香鼠。トガリネズミ科の哺乳類。ジネズミに似て、体側の臭腺から悪臭を出す。日本では鹿児島・沖縄などでみられる。

廾日草　牡丹の別称。

大わらは　大童。髷《まげ》の結びが解けて髪がばらばらになっていること。ざんばら髪で奮戦するさまに用いる。

よろひ草　鎧草。オオシシウド。

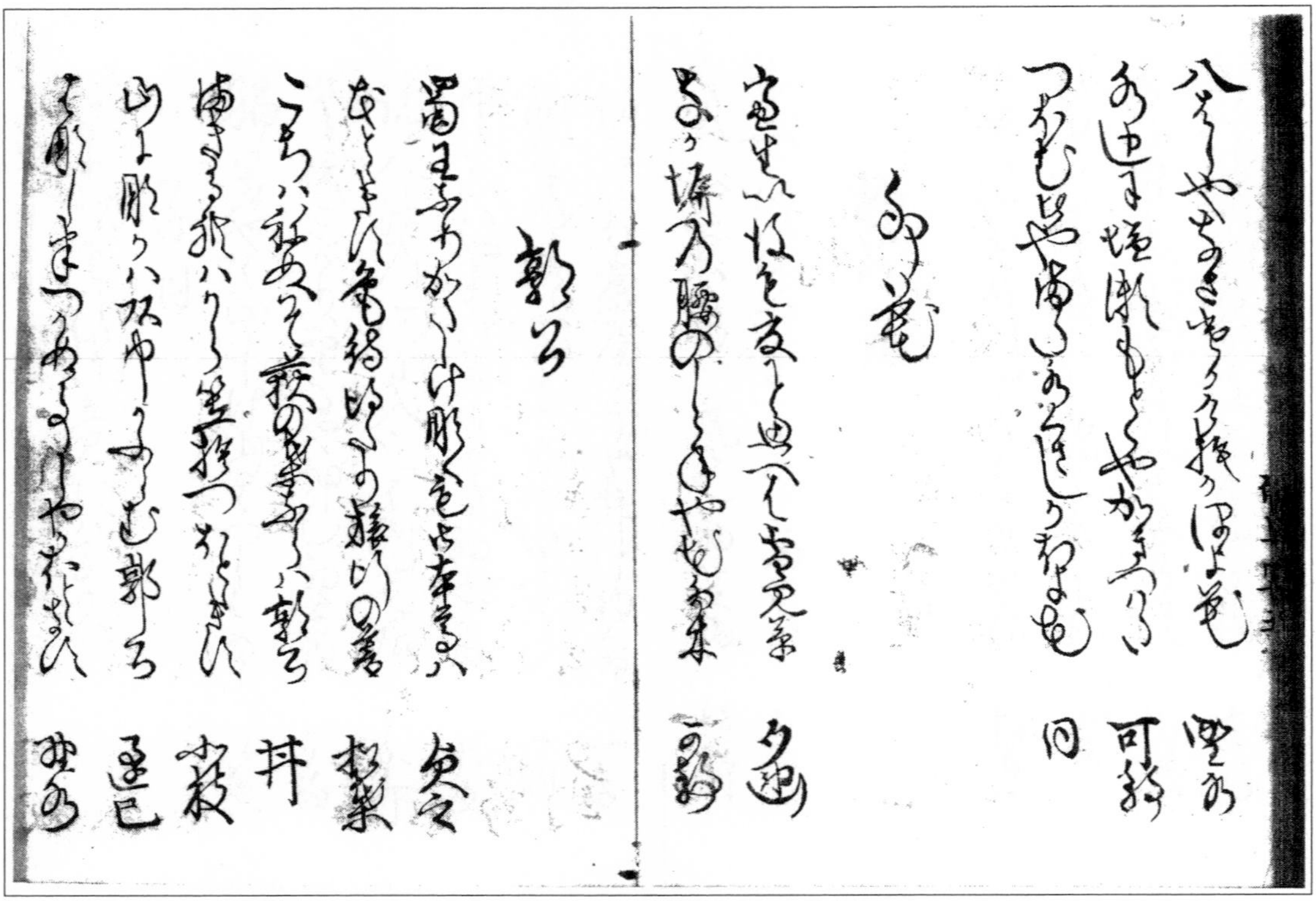

八はしやなさけかけ捨かほよ花　野水
水辺に塩瀬もどくやかきつばた　可静
つぼむ比やまだ水くさしかほよ花　同

卯花

盧生以後も夏と思へば雪見草　夕幽
なが塀の腰のしとねや花卯木　可静

八はし　八つ橋。『伊勢物語』の九段「かきつばた」の舞台となった「三河国八ツ橋」の故事で有名な八つ橋。「唐衣きつゝ馴にしつましあればはるばる来ぬる旅をしぞ思ふ」の歌が詠まれる。
かほよ花　カキツバタの別称。
塩瀬　しおぜ。塩瀬羽二重の略。
もどく　張り合う。
盧生　能『邯鄲』の盧生。
雪見草　ウツギの異名。

郭公

蜀王なりかたじけなくも御本尊は　貞之
ほとゝぎす色待得たり旅行の暮　松葉
こちはねぬぞ荻の葉ならば郭公　井
まぎるればから笠捨つほとゝぎす　北枝
山になかば頭巾かぶらむ郭公　遅巳
はなし半つかぬ事じやがほとゝぎす　野水

蜀王　ほととぎすの異名は「蜀魂」。

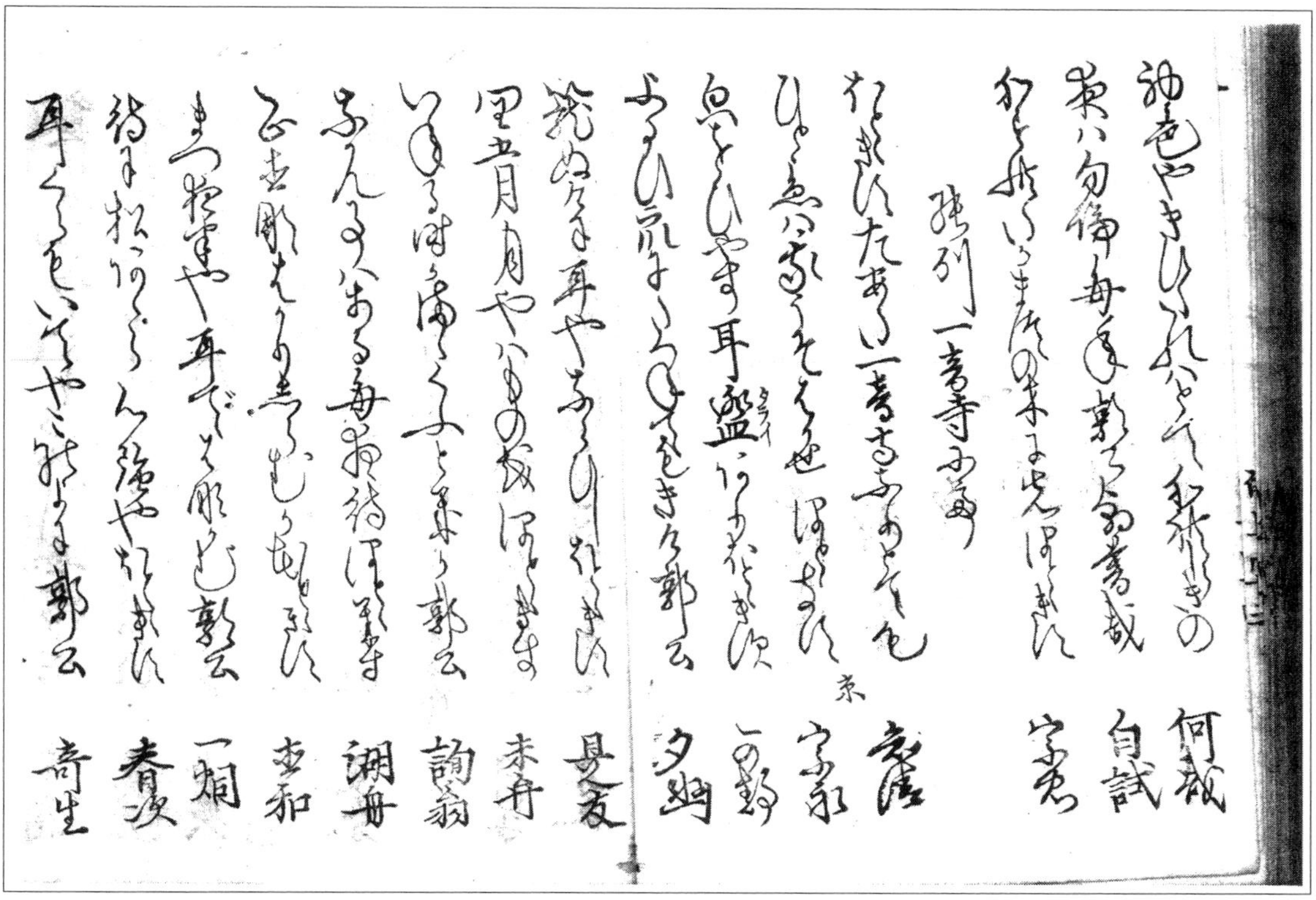

初声やきひたれはとてわれしきの　何哉（金沢　小林）
夜は勿論毎年郭公朝暮哉　自試（金沢　岩根）
わすれたかまつの木に先ほと丶ぎす　宗忠
能州一音寺にて
ほと丶ぎすたあた一音寺なりとても　知清（能州　小西）
ひとこゑは我うそはかせほと丶ぎす　京　宗永（毛リ）
皃をひやす耳盥《タライ》ありほと丶ぎす　可静
ふるひ衆にたづねてもきけ郭公　夕幽（金沢　柘殖）

耳盥　みみだらい。左右に耳状の取っ手のついた小形のたらい。多く漆器で、鉄漿《かね》付けの際、口をすすぐのに用いた。

籠ぬけに耳やならひしほと丶ぎす　是友
閏五月月やはものをほと丶ぎす　未弁
いねる時かまたくふときか郭公　詢翁（金沢　寸松軒）
なかん事はある毎夜待ほと丶ぎす　湖舟（松任　高桑）
正直なはかりしらむかほと丶ぎす　直和
まつ夜半や耳ではなかむ郭公　一烟（能州七尾　樽谷）
待に松あたら心強やほと丶ぎす　春次
耳くらもいでやこのよにほと丶ぎす　奇生（金沢　松元）

籠ぬけ　籠抜け。飼い鳥として籠の中に飼われていたものが逃げ出すこと。また、その鳥。軽業の一種で、江戸初期からの放下《ほうか》（僧形の下級芸能者）の曲芸。

耳くら　耳が遠い人か。

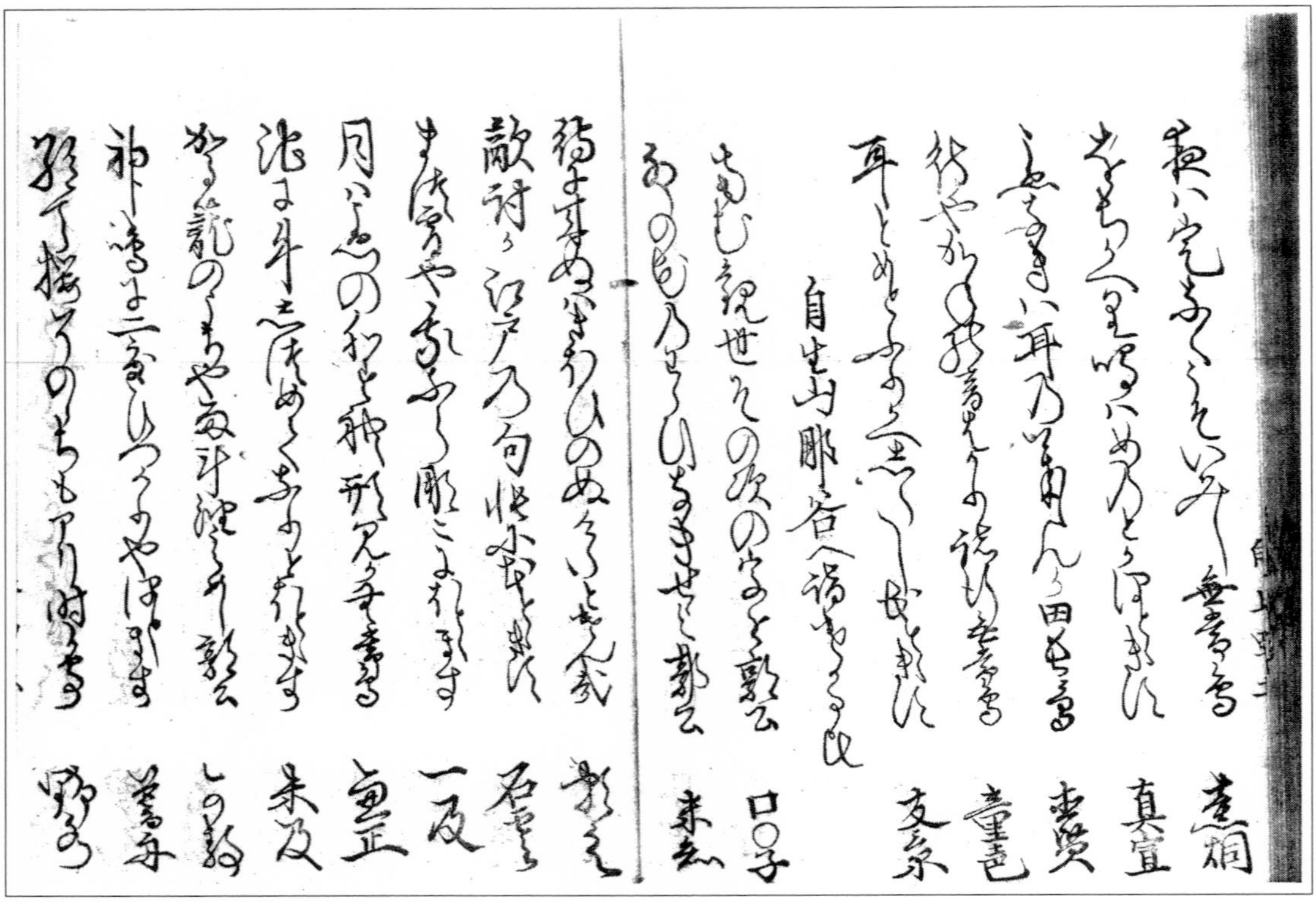

夜は定なくこそいみじ無常鳥　薫煙
をちかへり鳴はめのとかほと丶ぎす　真宜（富山　三歩一）
こゑなきは耳のきかんか田長鳥　直賢
待やかねの音ばかり諸行無常鳥　童声（金沢　沢井）
耳とめとふりかへしたしほと丶ぎす　友景（富山　□）
　自生山那谷へ詣ける比
なむ観世その次の字を郭公　□〇子（金沢　スノサキ）
卯の花のわらひなきせよ郭公　未知

夜は定なくこそいみじ　「世は定めなきこそいみじけれ」（『徒然草』第七段）。
をちかへり　繰り返し。
田長鳥　たおさどり。時鳥の異名。
かねの音ばかり諸行　『平家物語』冒頭部分「祇園精舎の鐘の声、諸行無常の響きあり」をもじる。
なむ観世その次の字　「南無観世音菩薩」で「菩薩」が次の字。

待に来ぬはきほひのぬけたとけん哉　頼元（金沢）
敵討か江戸の句帳にほと丶ぎす　石雲（加州山中　道心）
まつ宵や我ふらなこにほと丶ぎす　一及（金沢　米田）
月はこゑのわすれ形見か無常鳥　兼正（金沢　樋口）
池に牛しづめてなりとほと丶ぎす　米及
駕籠のうちや雨斗油うらめし郭公　可静
神鳴に二度ひつかりやほと丶ぎす　暮舟（金沢　桑村）
絶て桜その丶ちもアリ時鳥　野水（金沢　小川）

きほひをぬけたとけん　気負いが抜けた杜鵑（ほととぎす）。
池に牛しづめて　雨乞いのため、竜神の住む池に生贄の牛を沈める風習を指す。

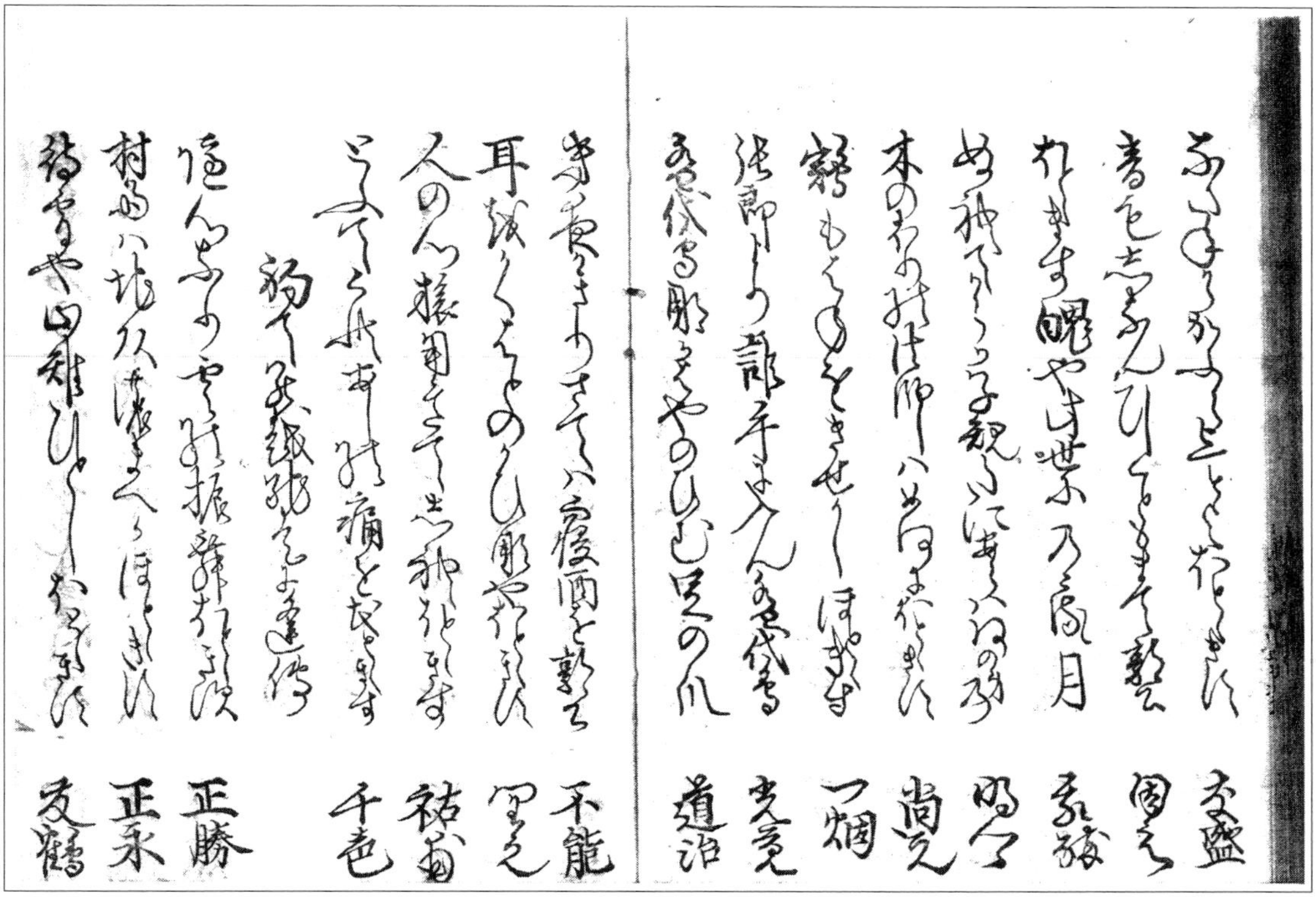

なたねからかぶら迄とよほと、ぎす　友盛
音もしなんひしぐともまで郭公　因元
ほと、ぎす魄や此世にのこる月　我酔（小松　麻間子）
ぬれてからか子規だにあらば何の身の　明郷（金沢　長沢）
木のぼりの法師は如何にほと、ぎす　尚之（能州七尾　菊野）
鶏もはねをきせかしほと、ぎす　一烟
張郎より誰手に入ん沓代鳥　光覚（能州七尾　松尾山神宮寺）
沓代鳥なかばやのびむ足の爪　道治（金沢　細川）

木のぼりの法師　『徒然草』の一〇九段の「高名の木登り」。
沓代鳥　ほと、ぎすの異名。

幾夜かぎりさては寝酒を郭公　不能（能州七尾　□田中）
耳をかくはとのかひなやほと、ぎす　閏之
人の心旅用意でしれほと、ぎす　祐甫（能州七尾　常福寺）
とふてくれあしの痛をほと、ぎす　千声（尾州名古屋　武嶋）
　初ての罷越馳走に逢て
隔心なり雲の振舞ほと、ぎす　正勝（金沢　稲川）
村雨は地頭のまへかほと、ぎす　正永（岩瀬　岩成）
待宵や山雉ひとしほと、ぎす　友鶴

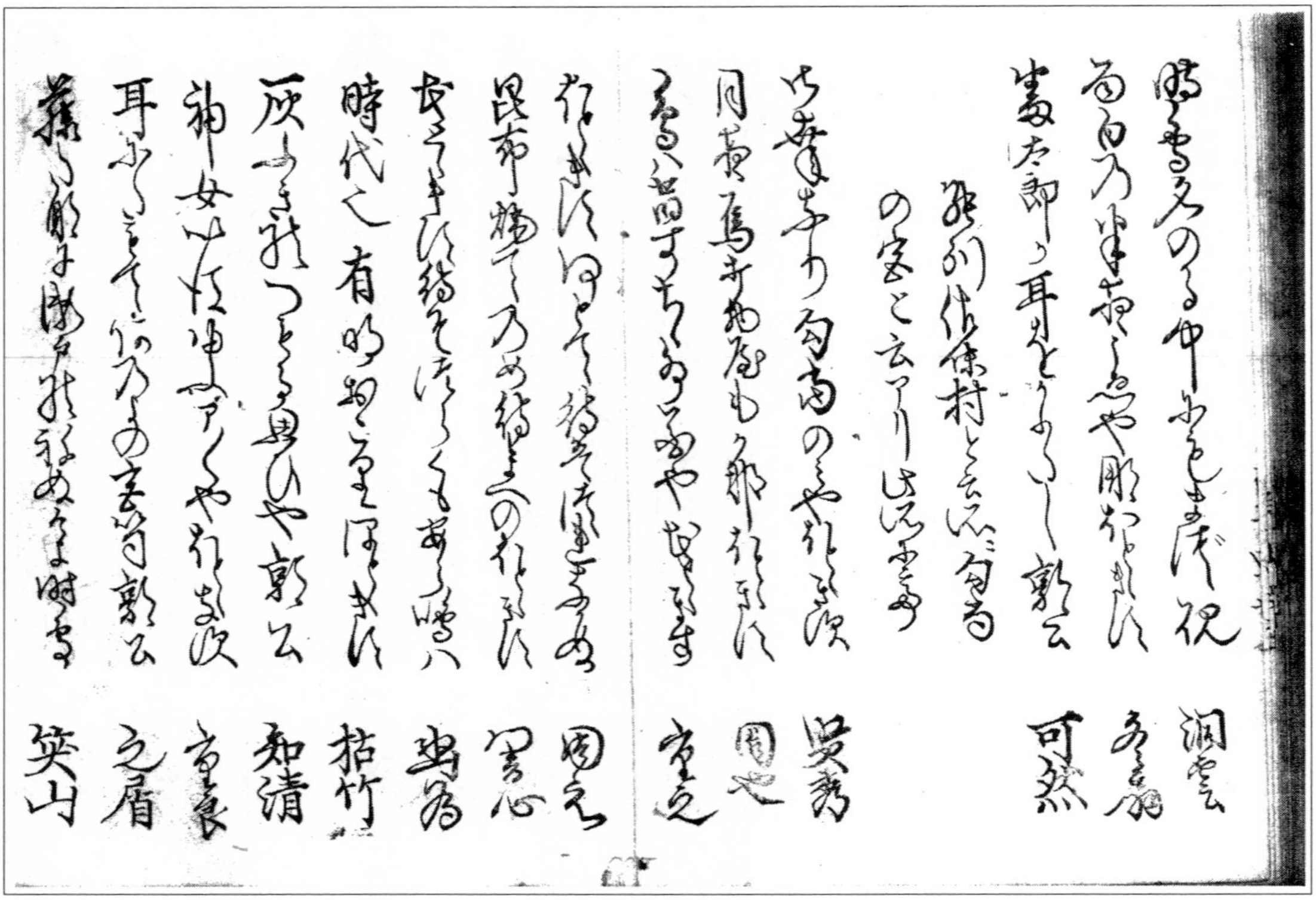

時鳥名のる中にもまづ硯　洞雲（金沢　白井）
面白の半夜こゑやなほとゝぎす　冬扇（金沢）
番太郎が耳をかりたし郭公　可然（富山　□）
　能州佐保村と云所に勾当
　の宮と云アリ。此所にて
御幸なり勾当のみやほとゝぎす　賢秀（能州七尾　恵徳寺）
月夜鳥打物屋もがなほとゝぎす　周也（金沢　奥氏）
鳥は宿すちゝ卯花やほとゝぎす　重之（能州七尾　方上）

番太郎　江戸時代、町や村に置かれた番人。番太とも呼ぶ。
月夜鳥　月夜に浮かれて鳴く鳥。転じて夜遊びに浮かれ出る人のたとえ。うかれがらす。

ほとゝぎす何とて待はつれなかぬ　因元
昆布焼てのめ待まへのほとゝぎす　闇心（富山）
ほとゝぎす待ぞつらくもあら鳴は　幽為
時代也有明おこりほとゝぎす　枯竹
灰ふきのつもる思ひや郭公　知清（能州七尾　小西）
神女以後ゆふべ〴〵やほとゝぎす　重良（能州七尾　菊野）
耳にたもてあのよの宮笥郭公　之屑（金沢　梅村）
藤だなに瀬戸のねぬけよ時鳥　笑山（金沢　稲川内）

灰ふき　灰吹き。煙草の吸い殻を吹き落とすための竹筒。
宮笥　みやけ。土産の語源の一つ。
ねぬけ　根抜け。同系統の窯で作った陶磁器のうち、最も古い製品。特に、古瀬戸の茶入れや古唐津などにいう。

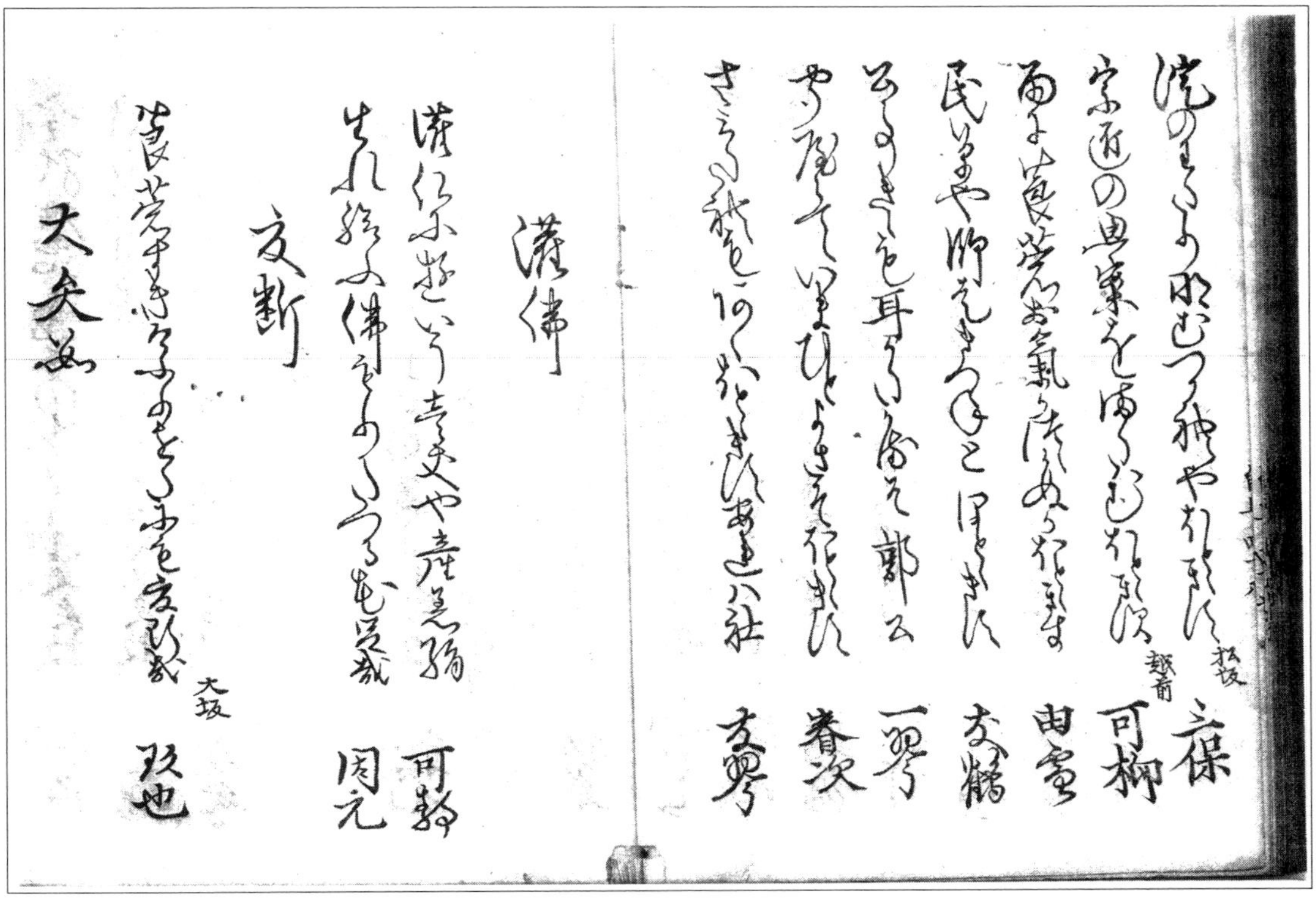

淀のわたり明むつかれやほと、ぎす　松坂　三保
宗匠の思案をまたむほと、ぎす　越前　可柳
雨に蒖若お気がつかぬかほと、ぎす　由雪（能州　大田）
民草や師走ぎつねとほと、ぎす　友鶴
公事き、も耳かたかるぞ郭公　一琴（加州山中　堀口）
聞やらでいまひとよさぞほと、ぎす　春次（能州七尾　樽谷）
さみだれもあくほと、ぎすあれば社　友琴

淀のほと、ぎす　連歌連想語彙「淀の川船時」。「いづ方になきてゆくらむ郭公淀のわたりのまだ夜ぶかきに」（『拾遺集』壬生忠岑）。
師走ぎつね　師走狐。師走ごろのキツネ。鳴き声が特にさえて聞こえるという。

灌佛
灌仏にゆはう壱丈や産着絹　可静
生れ給ふ佛もりたつる花足哉　因元
夏断
蒖若すきけぶりをだにも夏断哉　大坂　玖也（松山）
大矢数

花足　けそく。華足とも。もとは仏への供え物を盛る器を指す。餅・菓子などの供え物の類。

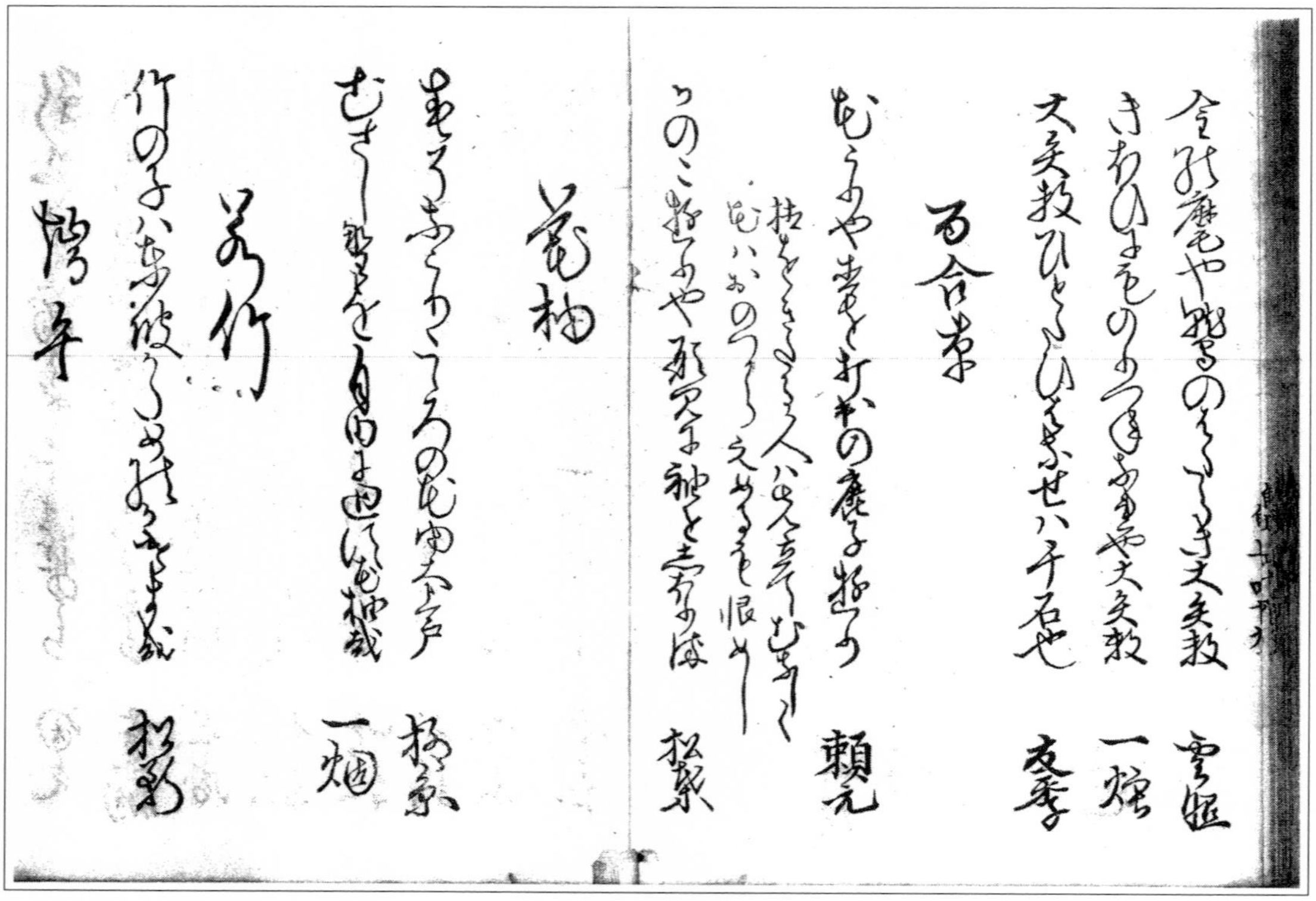

金の麾や鷲のはたらき大矢数　　雲照（金沢　稲垣）
きほひにものりつねなれや大矢数　　一煙
大矢数ひとたびはなせば千石也　　友季

百合草
花うりや直を打出の鹿子ゆり　　頼元
植をきたる人は先立てむなしく
花はおのづからえめるも恨めし
かのこゆりや形見に袖をしぼり染　　松葉

金の麾　きんのき。さしずばた。指揮するための旗。
のりつね　教経。平家最後の猛将。能登殿。
しぼり染　絞り染め。布の一部を縛るなどの方法で圧力をかけ染料が染み込まないように模様を作り出す模様染めの技法の一つ。

花柚
春ぞなごりこゝろの花ゆ大上戸　　柳糸
むさし野を自由に廻す花柚哉　　一烟

若竹
竹の子は東波かためのかげま哉　　松軒

端午

花柚　はなゆ。はなゆず。

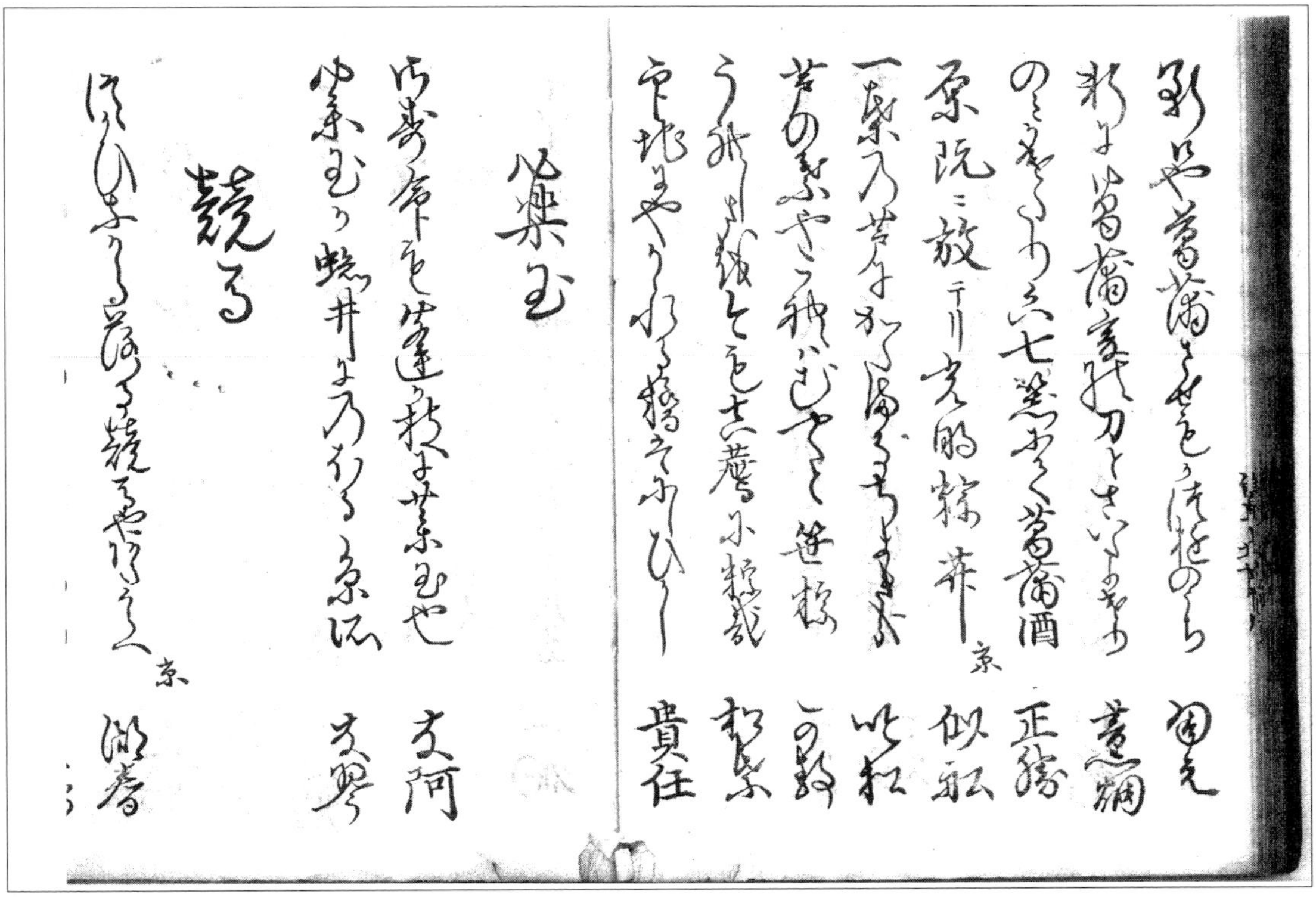

軒口や菖蒲させもがつゆのうち　因元
軒に菖蒲爰の刀とさいたりけり　薫烟
のみかけたり六七器にて菖蒲酒　正勝
原阮ニ放テリ光明粽荓　京　似舩
一葉の芦にかたまるちまき哉　吟松
芦の葉やこれはむやくと笹粽　可静
うれしさを今も真薦に粽哉　松葉
印地にやかゝれる橋はにしひがし　貴任（金沢　奥氏）

粽荓　ちまきぐさ。マコモの別称。
むやく　無益。むだなこと。
印地　石うち。五月五日、端午の日に、海浜や川原で多くの子供が二手に分かれて小石を投げ合い、勝負する遊び。豊凶を占う。石合戦。

薬玉

御寿命も蓬が枝に薬玉や　友阿
薬玉か蜘井にのぼる糸所　友琴

競馬

つかひながら落る競馬やあだくらべ　京　湖春

薬玉　香料を錦の袋に詰め、薬草・造花や五色の糸を添えた飾り。端午に、不浄・邪気をはらうとして、柱などにかけたもの。
蜘井　雲居に掛ける。
糸所　平安時代、中務省《なかつかさしょう》の縫殿寮《ぬいどのりょう》に属した役所。端午の薬玉《くすだま》などを作った。
あだくらべ　徒競。互いに浮気心があると言い合うこと。はかなさを競い合うこと。

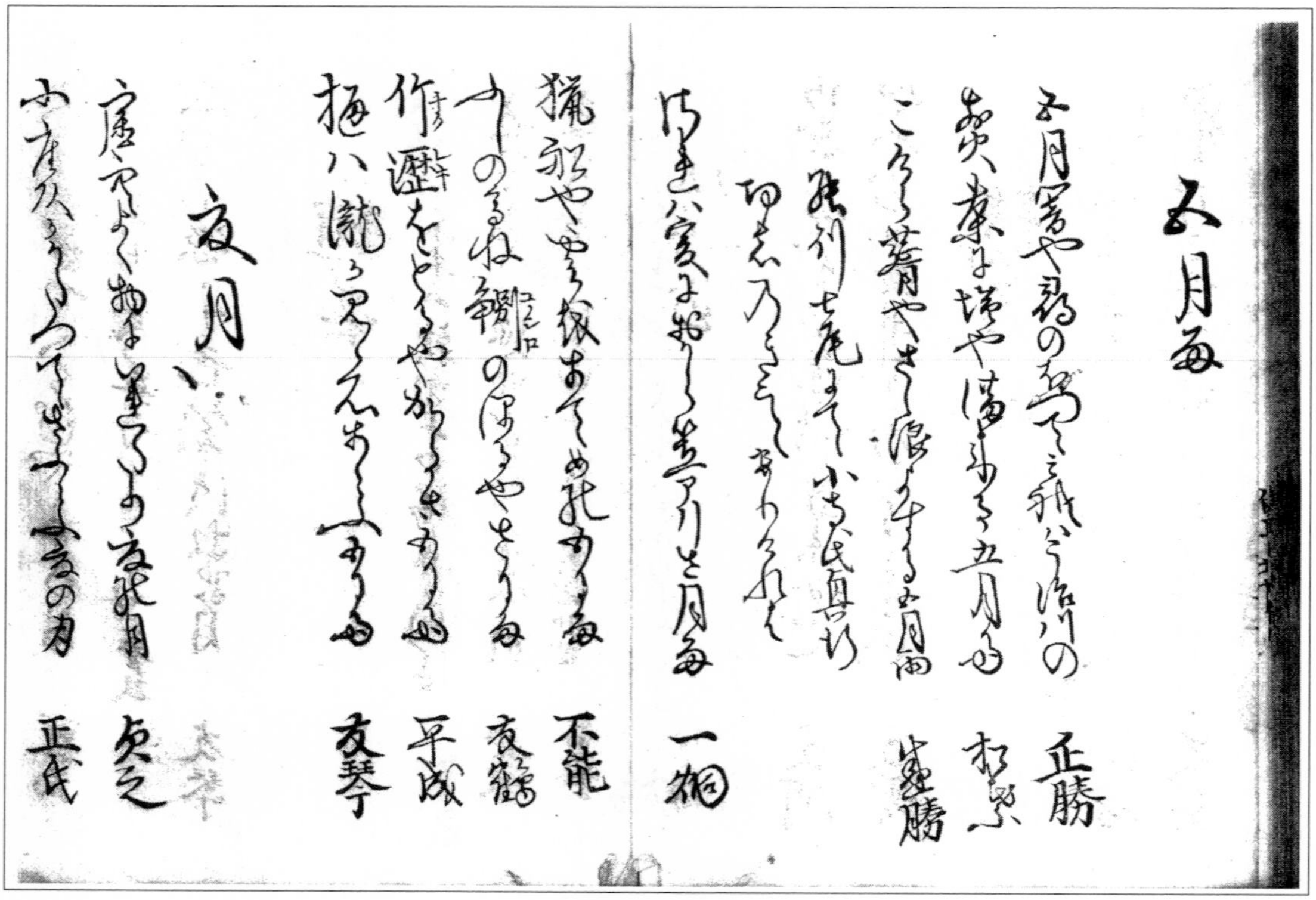

五月雨
五月闇や尋のぼつてみれば宇治川の　正勝
煎茶に塩や満来る五月雨　松葉
こけら葺やさし浪よする五月雨　盛勝
能州七尾にて小寺氏興行
切者のきこえありければ
されば爰におから笠アリさ月雨　一烟

こけら葺　柿葺き。板葺きの一種で、こけらを重ねて敷き詰めた屋根のことを指す。

猟舩や雲をあてめの五月雨　不能
ふじの高ね鰶《コシロ》のぼるやさ月雨　友鶴
竹瀝《チクルキ》をとるやからかさ五月雨　平成
樋は瀧かみゝ石あらふ五月雨　友琴
夏月
虚空よく物にいれたり夏の月　貞之
小座頭がかたつてさふらふ夏の月　正式

鰶　コノシロ。コハダ。
竹瀝　ちくれき。節を抜いた生の淡竹《はちく》を火であぶり、切り口から出た液を集めたもの。生のショウガとともに喘息・肺炎などに民間薬として用いられる。
小座頭　連歌師宗長が小田原の旅中、「小座頭あるに、浄瑠璃をうたはせ一盃にをよぶ」（『宗長日記』）。「小座頭の天窓へかぶる扇かな」（一茶）。

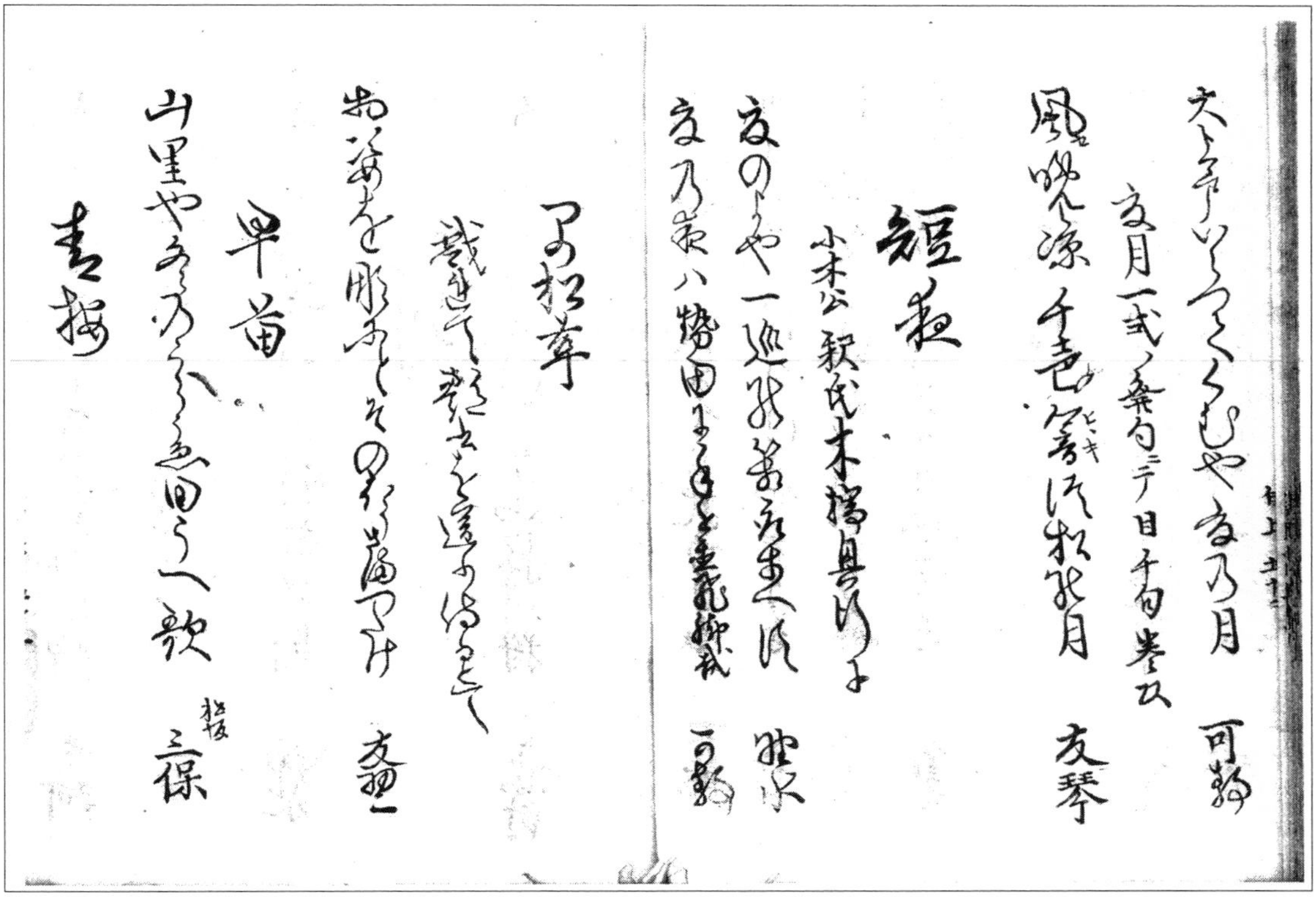

大上戸いらつてくむや夏の月　可静

夏月一式ノ発句ニテ月千句巻頭

風《ぜ》晩涼千声響《ヒビキ》つ松の月　友琴

短夜

小松釈氏木端興行に

夏のよや一巡の箱取あへず　野水

夏の夜は勢田に手を置飛脚哉　可静

早松茸

戯れて艶書を送り侍るとて

お姿をなにとそのほうさまつだけ　友琴

早苗

山里や冬のうらうゑ田うへ歌　松坂　三保

青梅

さまつだけ　六、七月ごろに出る早生のマツタケ。また、近縁のニセマツタケ。マツタケより早く出て、香りはないが、食用。さまつ。

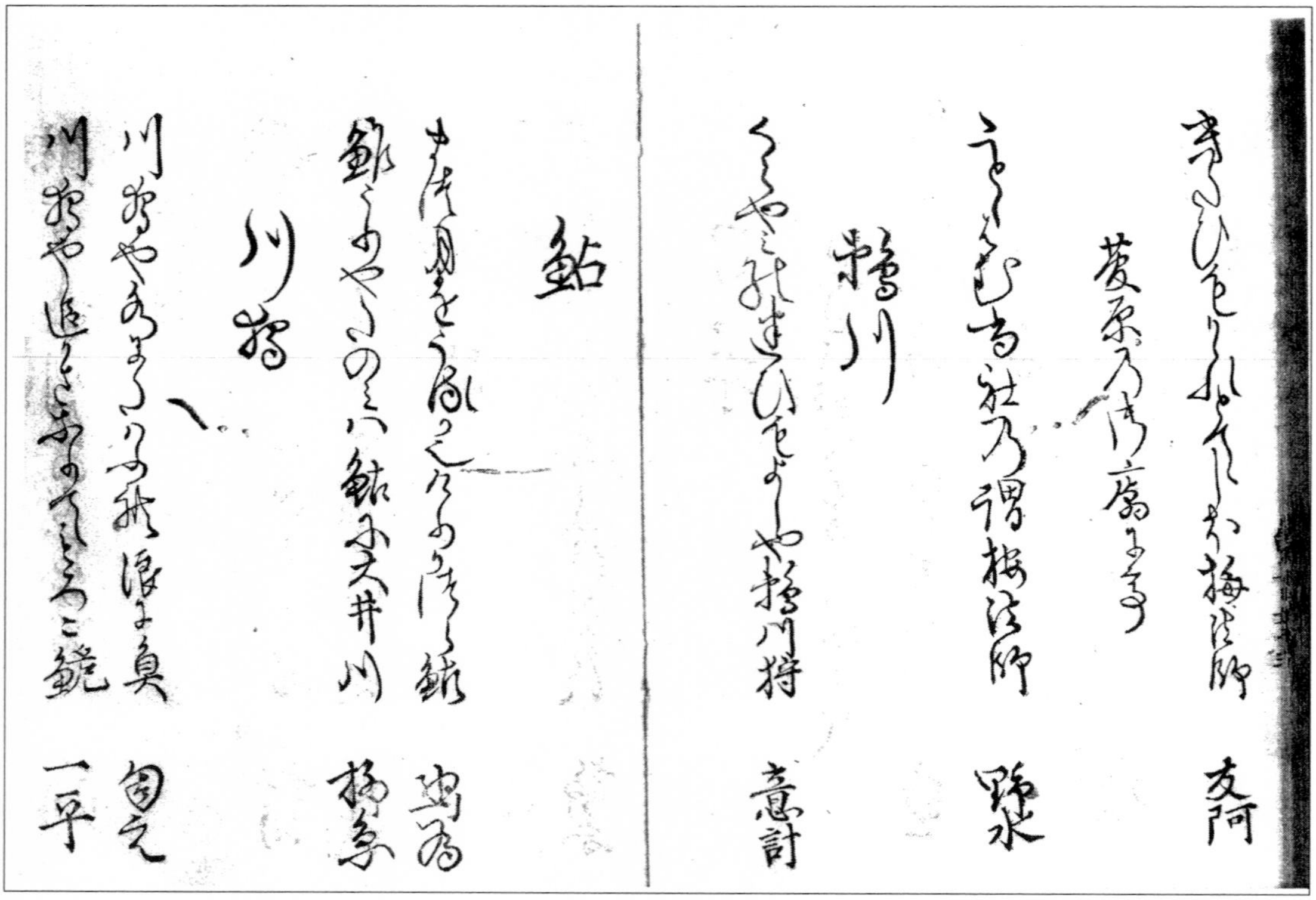

幾たびもかゝれとてしほ梅法師　友阿

菅原の御廟にて

ことゝはむ当社の謂梅法師　野水

鵜川

くらやみの迷ひもよしや鵜川狩　意計（金沢　石丸）

梅法師　梅干。災いや疫病を除き福を招く梅を「梅法師」と言う。
菅原の御廟　大宰府天満宮。
謂　いわれ。
鵜川　夏の季語。鵜飼をする川。

鮎

まつ月をうるか也けりかつら鮎　幽為

鮓うりやたのみは鮎に大井川　柳糸

川狩

川狩や水にたはぶれ浪に魚　因元

川狩や追かさなりてもろこ鮠　一平

うるか　アユの内臓を塩漬にしたもの。
かつら鮎　桂鮎。桂川に産する鮎。中古、京都の桂の里から朝廷へ奉った。
鮠　はや。もろこ鮠。モロコ・ハヤ類。淡水魚。

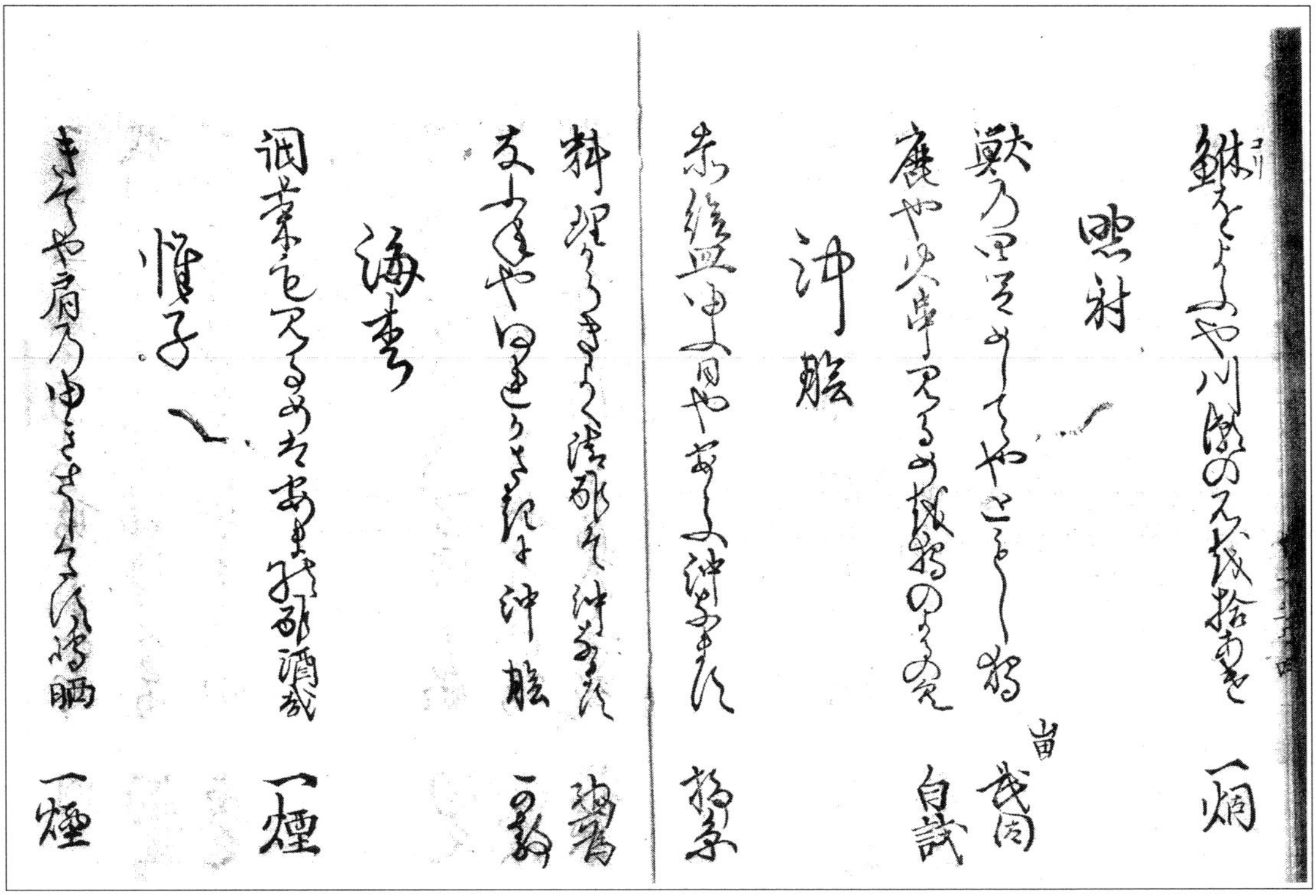

鮴《コリ》をよぶや川瀬の石を拾あげ　一烟

照射

獣の四足めしてやともし狩　山田　武因（荒木田）

鹿や火串見るめを狩のよるの空　自試

沖膾

赤絵皿ゆふ日やあらふ沖なます　柳糸

照射　ともし。猟人が夏・秋の夜、山中の木陰に篝《かがり》をたき、または火串《ほぐし》に松明をともして闇の中の鹿の眼が光に反射して輝くのを目当に、これを射たこと。また、その火（『広辞苑』）。

火串　ともしの松を挟み持つ木。

沖膾　沖でとった魚を船中ですぐになますに作ったもの。また、それをまねた料理。

料理からきよく清酢ぞ沖なます　幽為

友ぶねや何れかさきに沖膾　可静

海松

調菜も見るめはあまの酢酒哉　一煙

帷子

きてや肩のゆきさしくだす鳴晒　一煙

清酢　せいす。

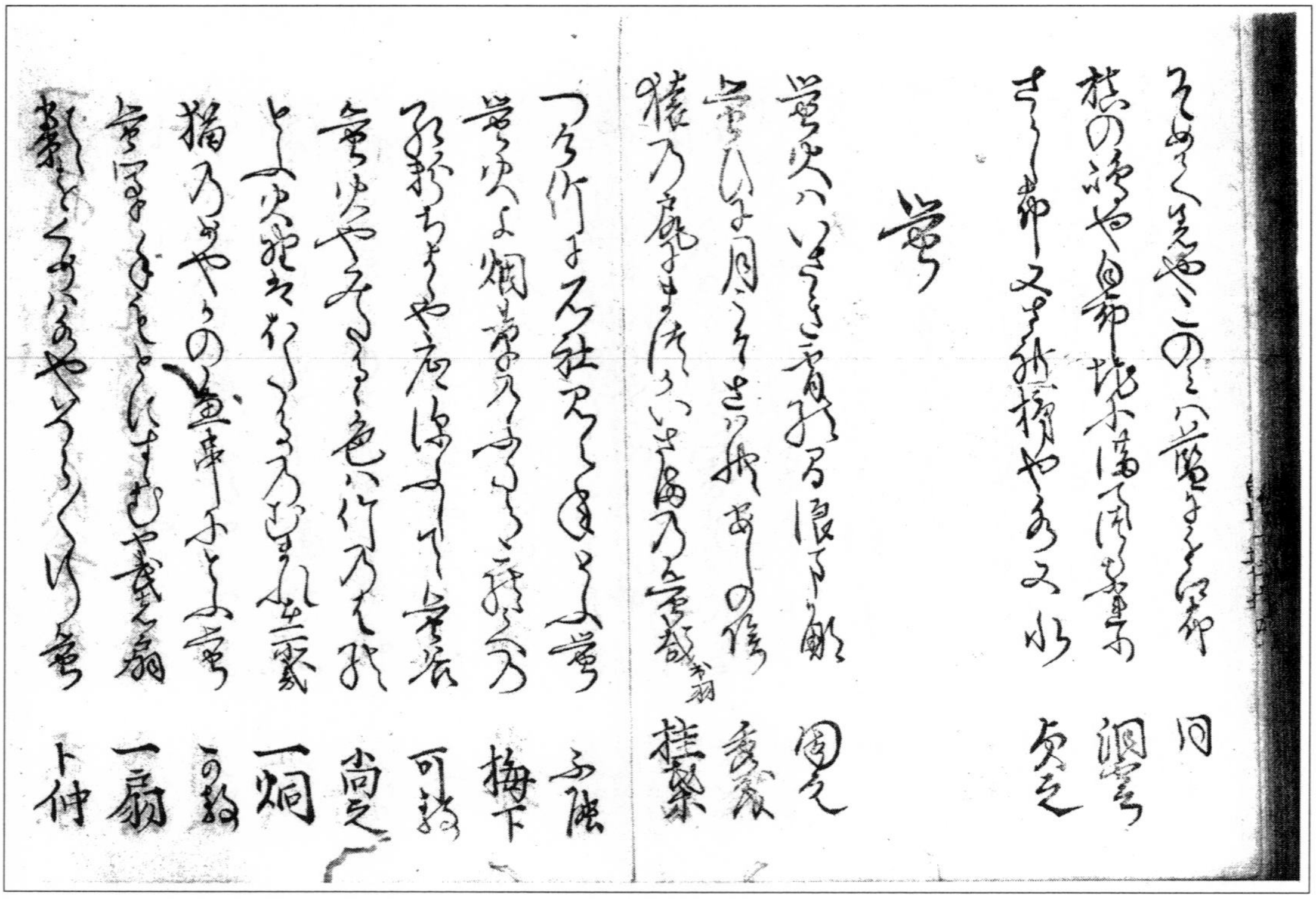

そめて着やこのみは藍に近江布　　同
槙の嶋や白布地に満てつらなれり　　洞雲（金沢　白井）
さらし布又され梯や水又水　　貞之

蛍

蛍火はいさき宵の間浪まかな　　因元
蛍びに月こそさはれあしの陰　　秀茂
猿の尻にまつかいさまの蛍哉　　出羽　桂葉（羽州秋田　大光院）

まつかいさま　真返様。「まっかえさま」の転。正反対。「徳兵衛めがうせ、まつかいさまに言ふとても、かならずまことにしやるなや」（『曽根崎心中』）。

つけ竹に石社見えねとぶ蛍　　不能
蛍火よ烟草のふたらこのうへの　　梅下
紅紛ちよくや底深ふして蛍谷　　可静
蛍火やみだるゝ色は竹のはの　　尚之
とぶ火野はほたるのむまれ在所哉　　一烔
猫のめやかの魚串にとぶ蛍　　可静
蛍軍手もとにすゝむや武者扇　　一扇
影をくめば水やいづら〴〵行蛍　　卜仲

つけ竹　竹製の付け木。火口《ほくち》。
武者扇　江戸の花菖蒲の一種。紫に白筋白ぼかし系。

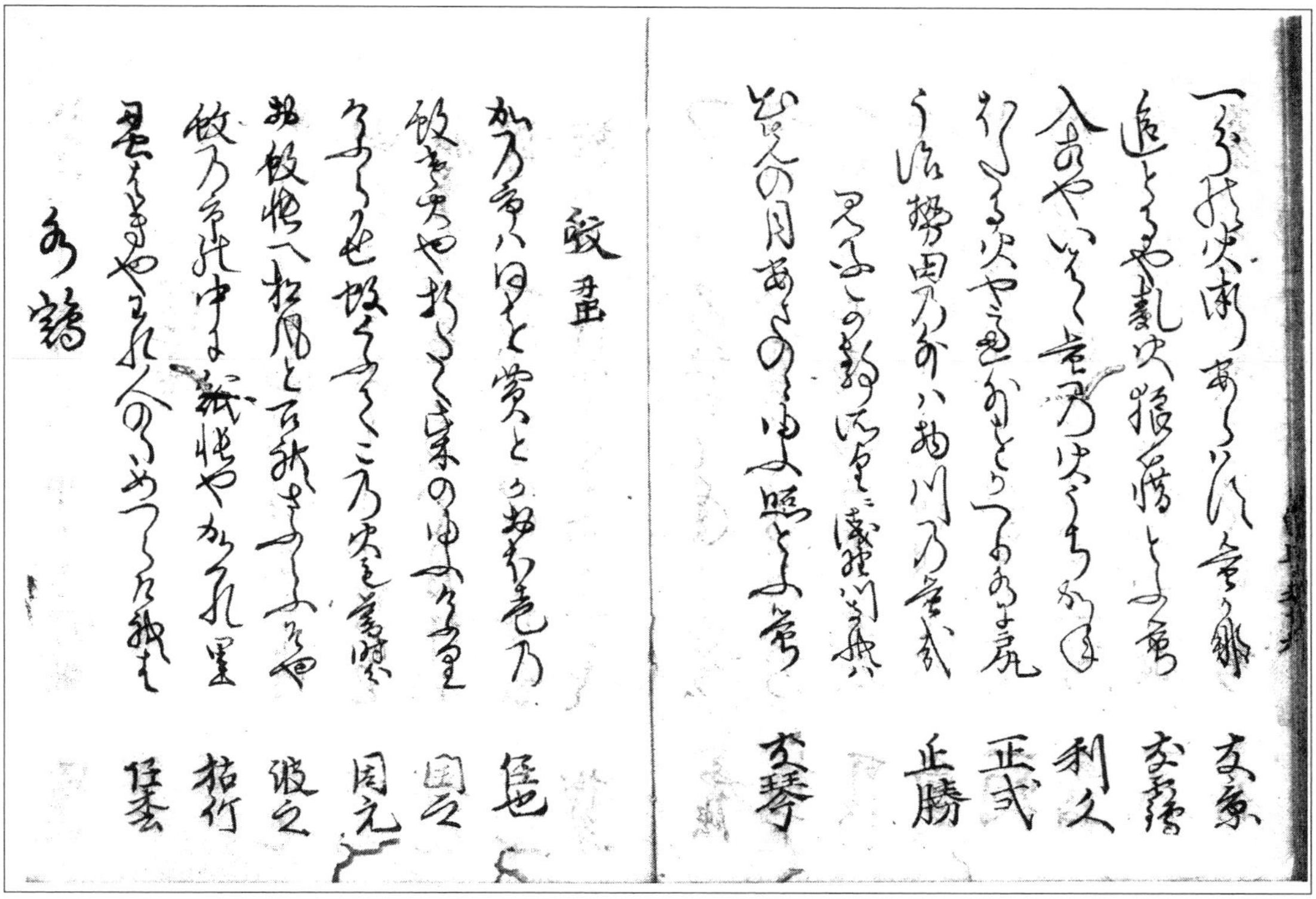

一分の火漸あらはす蛍かな　友景（富山）
追とるや乱火狼藉とぶ蛍　友鶴
入相やいはゞ蛍の火うちがね　利久（金沢　松田）
ほたる火や慮外をかへり水に尻　正式（金沢　河副）
宇治勢田の外は物川の蛍哉　正勝（金沢　稲川）
　君子可静所望ニ浅野川なれば
出先の月あさの、ゆふ照とぶ蛍　友琴

火うちがね　火打金。火打ち石と打ち合わせて発火させる鋼鉄片。
あさの、ゆふ照　浅野川の夕焼け。

蚊蚤
かの市は何を買とかおほ声の　任也
蚊遣火や折たく柴のゆふけぶり　閏之（宮腰　杉野）
けぶらかせ蚊くふてこの火も暮時分　因元
お蚊帳へ松風と召れさふらふぞや　波之
蚊の市の中に紙帳やかくれ里　枯竹
蚤はきやわれ人のためつらければ　任松
水鶏

折たく柴のゆふけぶり　「思ひ出づる折たく柴の夕煙むせぶもうれし忘れ形見に」（『新古今集』後鳥羽天皇）。
松風と召れさふらふぞや　能『松風』「色外にあらはれさぶらふぞや。松風と召されさむらふぞやいで参らう」。

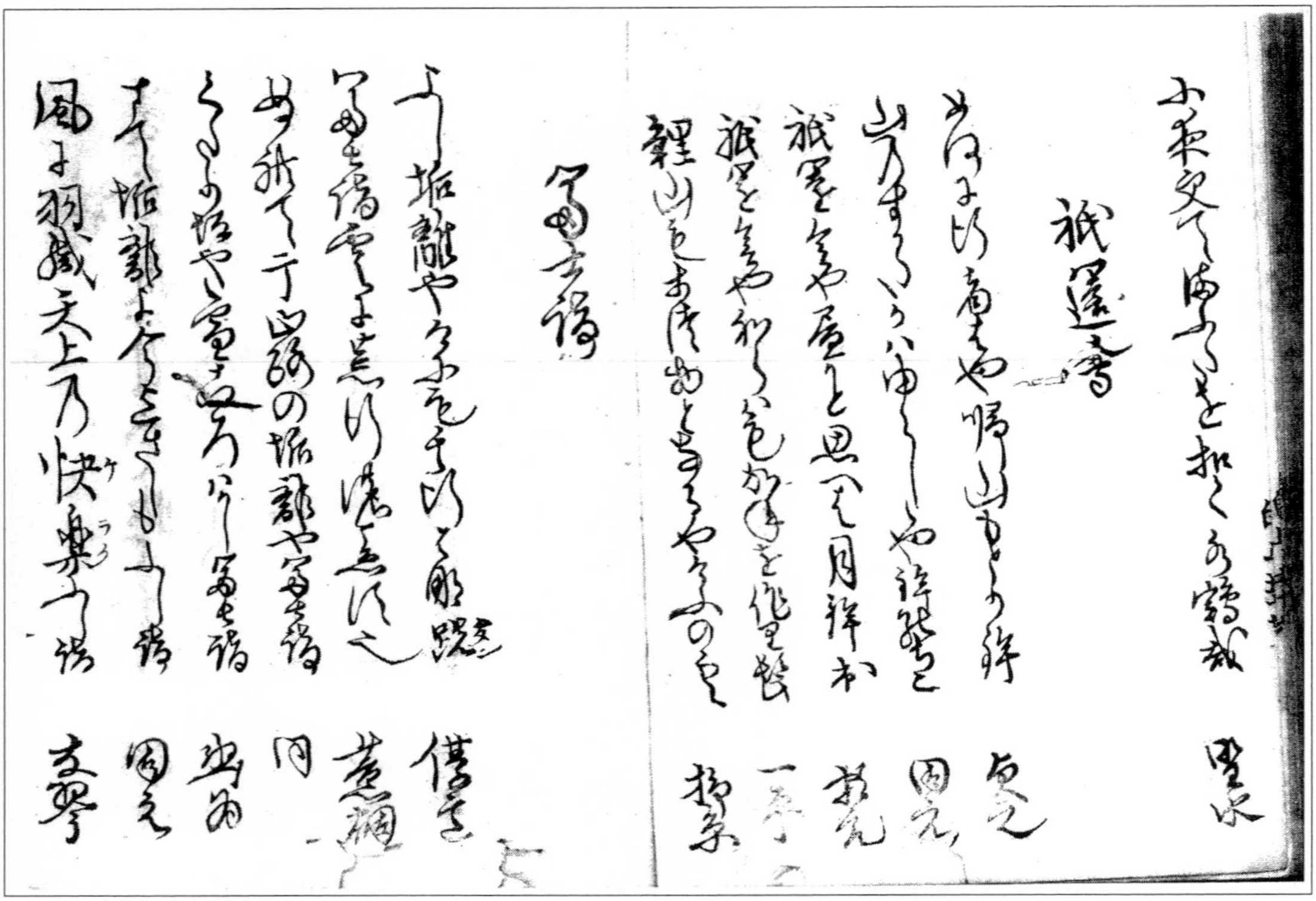

小夜更てまぶたを扣く水鶏哉　野水

祇園會

如何に行者はや帰山もどり鉾　貞之

山のすがたかはゆらしゝや鉾のちご　因元

祇園会や昼かと思へば月鉾出　頼元

祇園会やわらはもかねを作り髭　一平

鯉山もあつ物となるやけふの空　柳糸

月鉾　月鉾は祇園祭の山鉾三二基の中で最も大きく、最も重く、最高の華麗さを誇る。

鯉山　京都の祇園祭に出る、鯉の滝のぼりのさまを飾りつけた山鉾。

あつ物　羹。魚・鳥の肉や野菜を入れた熱い吸い物。

富士詣

ふじ垢離やげにも其行はな跣《ハダシ》　優意

富士詣雲に荒行のこゑす也　薫烟

ぬれて千山路の垢離や富士詣　同

くだり坂や雪ころばかし富士詣　幽為

さて垢離よ今迄さしもふじ詣　因元

風に羽織天上の快楽《ケラク》ふじ詣　友琴

垢離　こり。神仏に祈願する時に、冷水を浴びること。

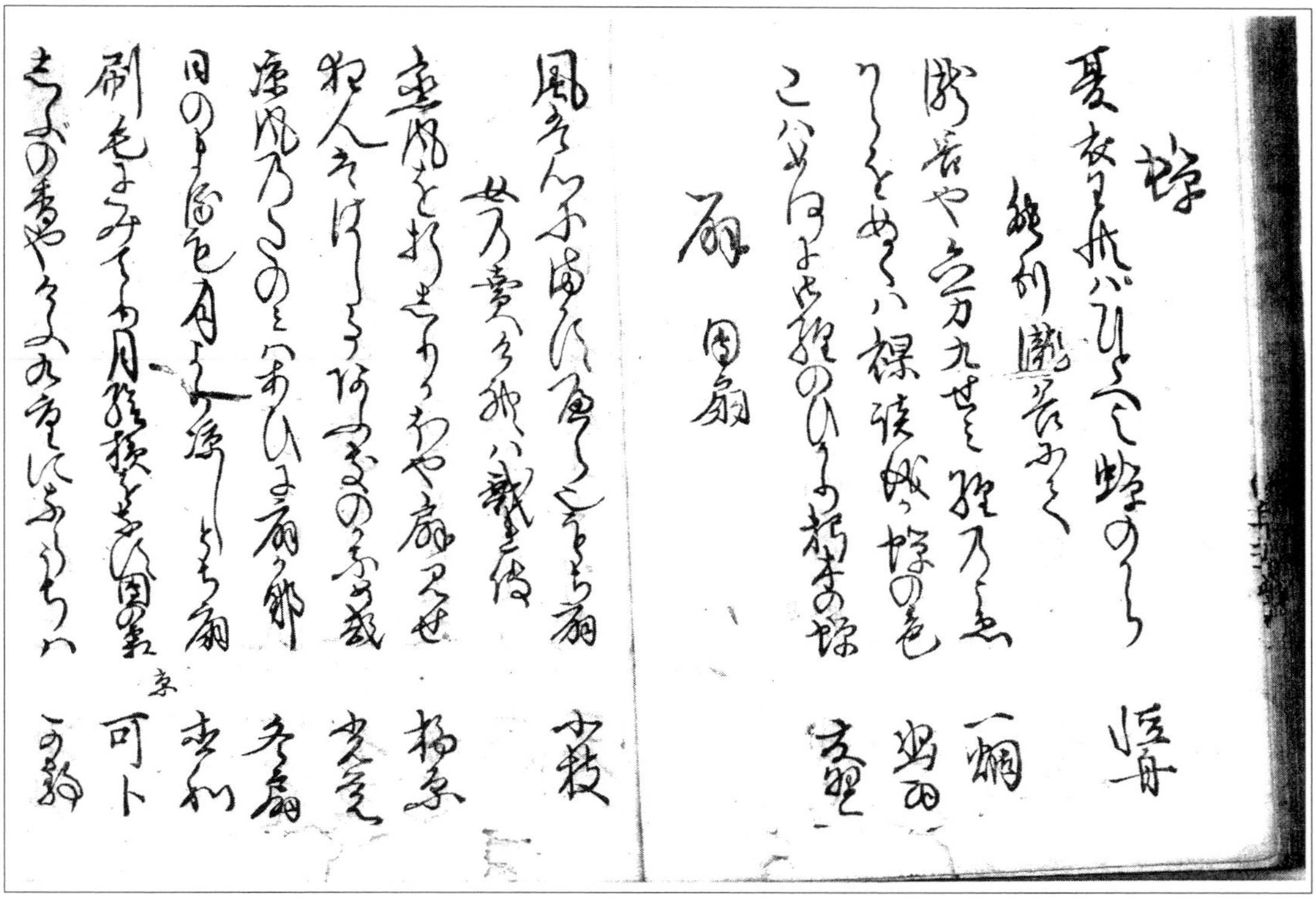

蟬

夏衣われはひとへよ蟬のから　軽舟

　能州瀧谷にて

瀧谷や六万九せみ経のこゑ　一烟

からをぬぐは裸談議か蟬の声　幽為

こは如何に御経のひかり朽木の蟬　友琴

　扇　団扇

能州瀧谷　能登の瀧谷妙成寺のことか。能登の羽咋市。日蓮宗本山 金栄山妙成寺。

風は心にまかすべら也もち扇　北枝

　女の売ければ戯れて

戀風を折しりがほや扇みせ　柳糸（金沢　村沢）

狂人ははしるあふぎのかなめ哉　光覚（能州　松尾山神宮寺）

涼風のたのみはあひに扇かな　冬扇（金沢）

日のまるも月より涼しとぢ扇　直和（能州七尾　鍋谷）

刷毛にみてり月陰様をなす團の霜　京　可卜

しぶの香やけふ九重にならうちは　可静

風は心にまかすべら也　風は思う通りにしているようだ。「山高み見つつわがこし桜花風は心にまかすべらなり」（『古今集』紀貫之）。

もち扇　持ち扇。所持している扇。特に、陣中で、軍配団扇に対して、常の扇のこと。

折しりがほ　おりしりがお。よく知っているような顔つき。

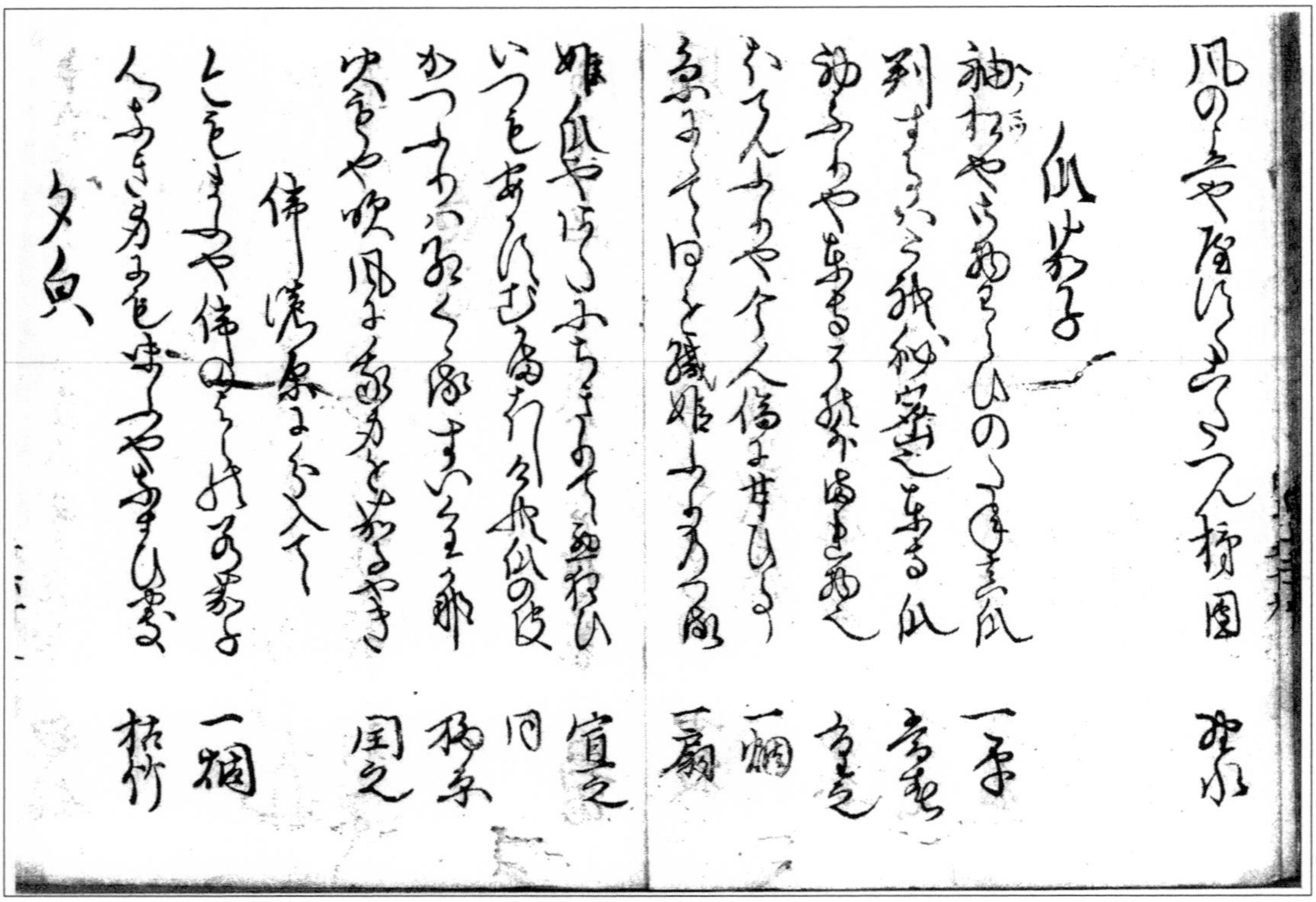

風のこゑやすくこたへん柿團　野水

瓜茄子

舳松《ヘノマツ》や御物わらひのたね真瓜　一平

判ずるはこれ秘密也東寺瓜　常春（金沢　山田）

初なりや東寺その外まれ物也　重之（能州七尾　方上）

ぼてんふりや今人倫に甘ひ事　一烟

糸にで、何を織姫ふりのつる　一扇

舳松　ヘノマツ。茶人武野紹鷗はもと堺の舳松村の皮屋。

姫瓜やあだにちぎりて惣狂ひ　宣之

いつもあかずむかまほしけれ瓜の皮　同

かつふりは紅く、るすいくわかな　柳糸

火もや吹風に我身を茄子やき　閏之

佛の原に分入て

今もまふや佛のはらの若茄子　一烟

心なき身にも味ふやなすびやき　枯竹

夕皃

心なき身にも　「心なき身にもあはれは知られけり鴫立つ沢の秋の夕暮れ」（『新古今集』西行）。

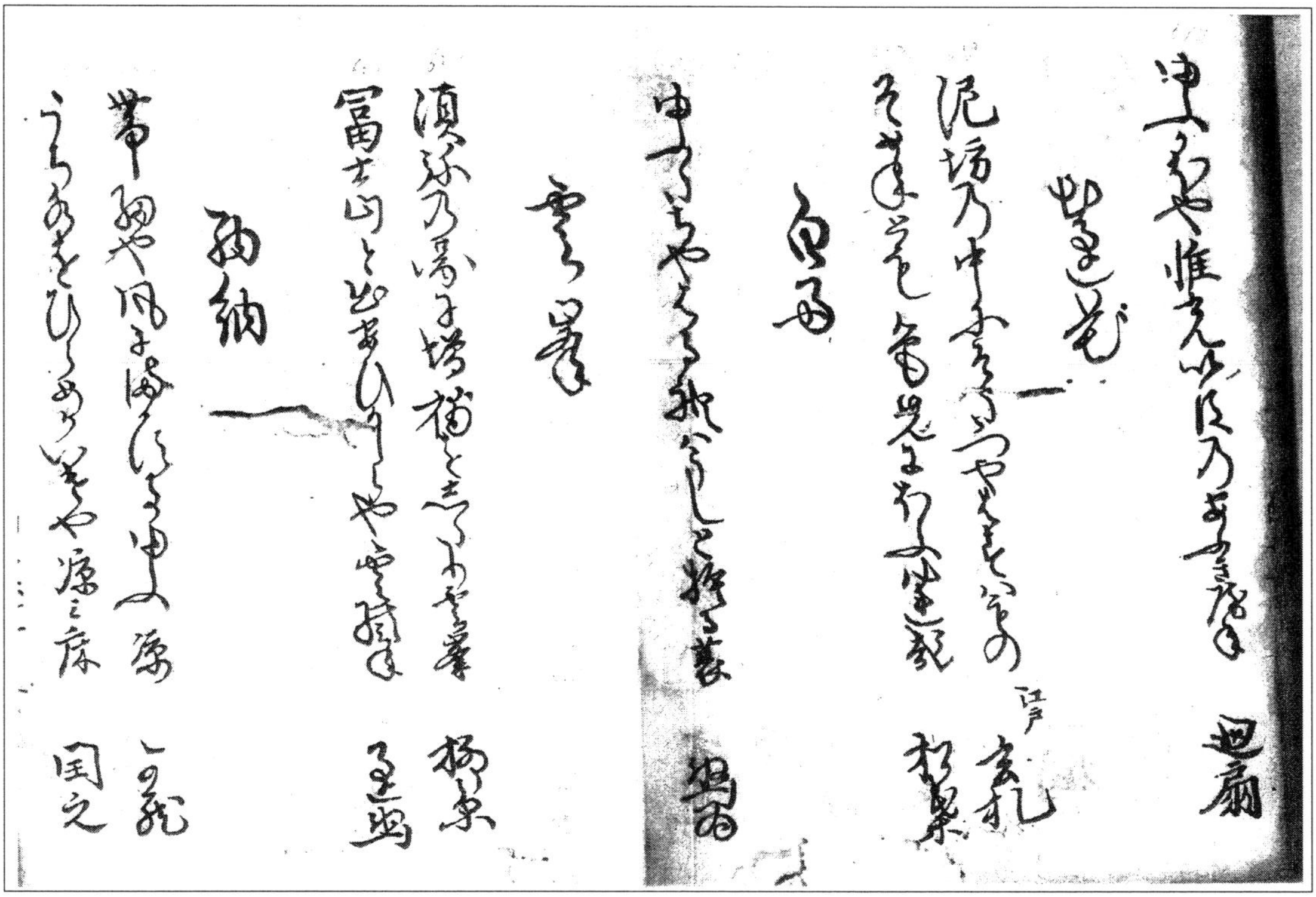

ゆうがほや惟光以後のあふぎやね　廻扇

蓮花

泥坊の中のそだつやはすはもの　江戸　玄札（高嶋）

そめねども筆先にほふ蓮哉　松葉

白雨

ゆふだちやはるればうしと捨る蓑　幽為

惟光　『源氏物語』の光源氏の家来名。夕顔を葬る。

雲峯

須弥の圖に増補をしたり雲峯　柳糸

富士山と出あひがしらや雲のみね　連幽（金沢　永野）

納涼

帯紐や風にまかするゆふ涼　可然

うち水をひらめがいけや涼み床　闓之

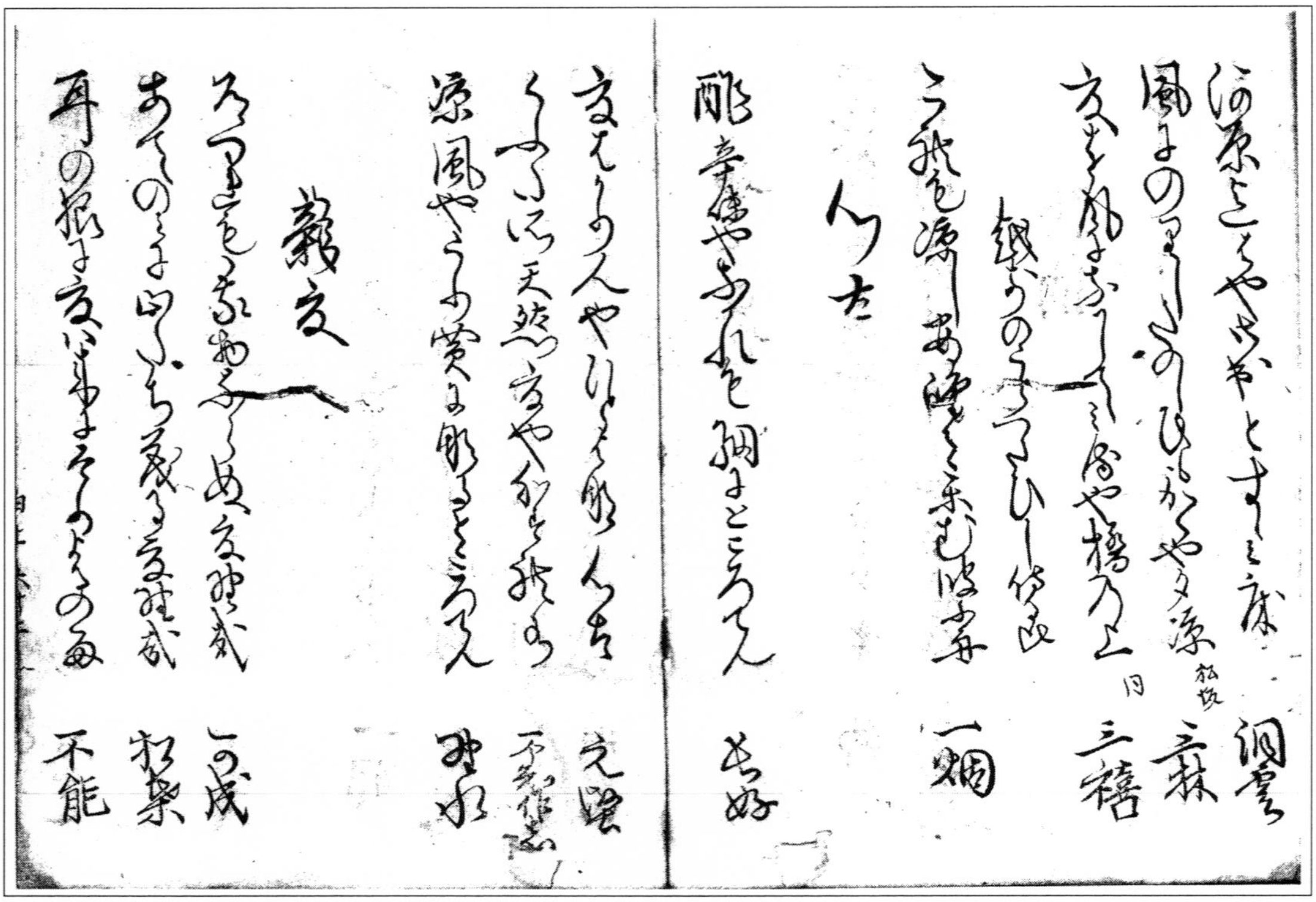

河原迄はや御出とすゞみ床　洞雲
風にのりしたのしびもかくや夕涼　松坂　三林
夏を風にながしてみるや橋の上　同　三禧
越前のうらづたひし侍る比
これも涼し安嶋で楽む波に舟　一烟
心太
酢辛味やながれも細にところてん　長好

安嶋　現福井県坂井市三国安島。大湊神社がある。

夏ばかり人やひとはな心太　元堅
くふた跡天然夏やわすれ水　不知作者
涼風やうり買になるところてん　野水
雑夏
道づれも我物ならぬ夏野哉　可成
あてのみに山たち茂る夏野哉　松葉
耳の根に夏は来にけりよるの雨　不能

わすれ水　忘れ水。野中などを人に知られずに細々と流れている水。

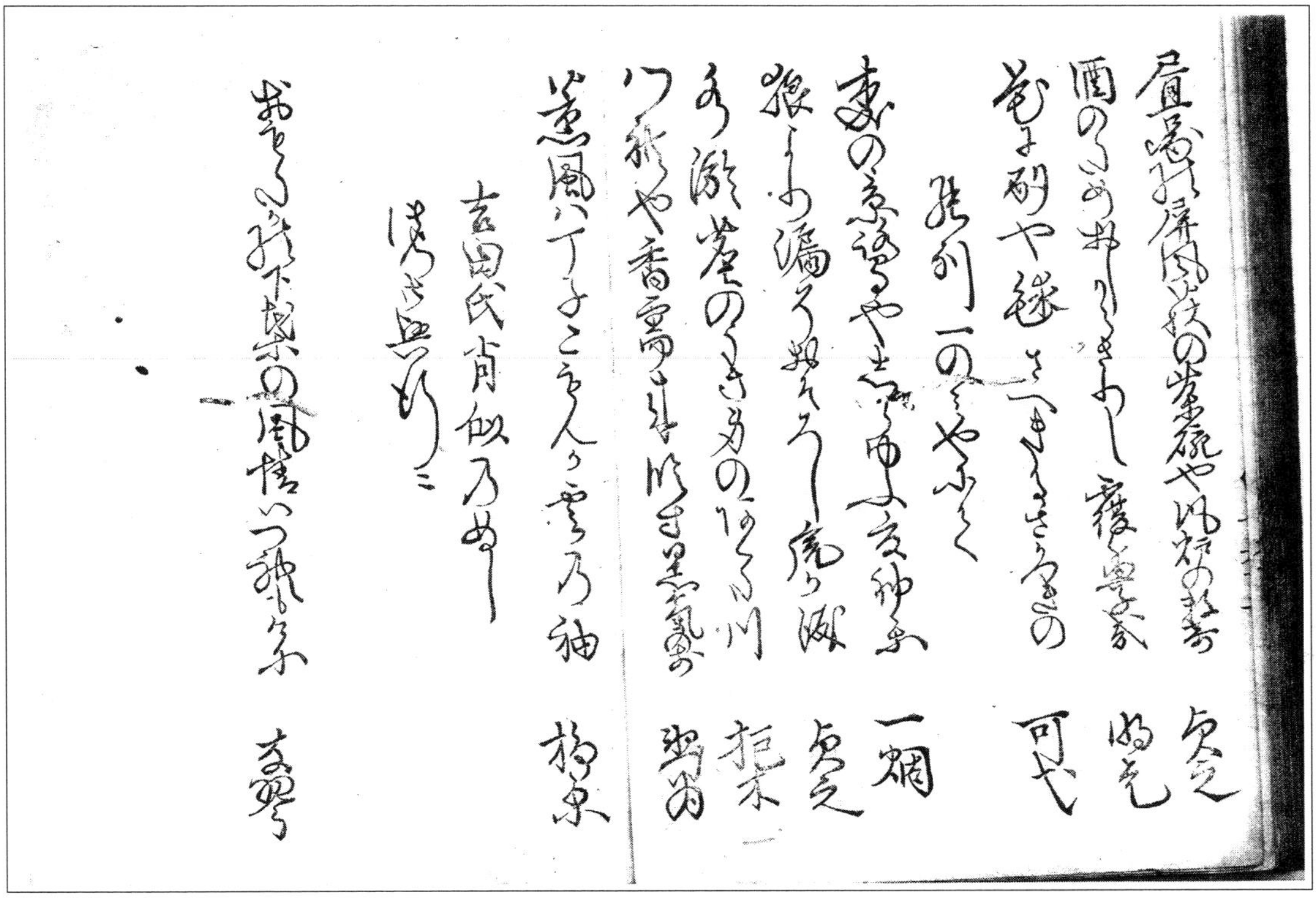

昼圖の屏風荻の茶碗や風炉の数寄　　貞之

酒のためおしからざりし覆盆子哉　　明是（金沢）

花に酌や毬さへぎるさかづきの　　可弋

　能州一のみやにて

森の景鷺やしらゆふ夏神楽　　一烟

狼より偏におそろし虎が涙　　貞之

水游塵のうき身のあくた川　　抱木（金沢　岸氏）

門礼や香需来吟す暑気の前　　幽為

虎が涙　曾我の雨ともいう。旧暦五月二十八日に降る雨。この日は曾我兄弟の仇討ち決行の日で、曾我十郎祐成に愛された大磯の遊女虎御前が、十郎の死を悲しんで流す涙が雨となって降る。

薫風は丁子こも人が雲の袖　　柳糸

　吉田氏肖似のぬし

の御興行ニ

おもだかの下葉の風情はいづれもげに　　友琴

おもだか　日本においてオモダカは勝ち草と呼ばれることもあり、戦国武将や大名家でオモダカの葉を意匠化した沢瀉紋が家紋として使用された。発生初期は線形の葉をつけるが、生長が進むと矢尻形をした葉をつける。

【記】

翻刻にあたり綿抜豊昭氏より懇切丁寧な御教示を受け、深く感謝いたします。
また、河村瑛子氏より書誌について御教示をいただきました。記してお礼申しあげます。

あとがき　―大西紀夫氏に代わって家族より―

大西紀夫は、二〇二三年五月より体調不良を訴えておりました。六月半ばより自宅にて療養。そして七月二十日の深夜、妻、娘たちや孫たち、家族みんなに見守られながら自宅にて息を引き取りました。

つい最近まで畑仕事をしたり、孫と遊んだり、大好きな古書集めをする元気な姿を見ておりましたので、私たち家族は未だに現実を受け入れられずにいます。ただ、病院で管まみれになって死にたくないと常々言っていた紀夫にとっては希望通りの幸せな最期だったのではないかと思います。


本書は紀夫の研究の集大成なのだと思います。

研究のために、膨大な古書を集めておりました。熱中すると周りが見えなくなる性格ゆえ古書の収集が度を過ぎ、家計を圧迫し夫婦関係が危機に瀕したことも今では笑い話です。


紀夫は病床でも本書の執筆作業を続けていました。

だんだんと身体が思うように動かなくなる中、娘たちに訂正箇所を伝え代わりに直してもらったり、あとがきを手書きで書いたり、亡くなるギリギリまで本書の出版に向けて作業をしておりました。

最後まで書き切ることができなかったあとがきは、筆圧が弱く家族でも解読できない箇所がありました。

家族である私たちは本書の内容について、全くの門外漢であるのですが、紀夫の様子を横で見ており本書への熱い思いを感じておりました。


ですので、この度その意思を汲んで生前よりお世話になっておりました桂書房様より出版する運びとなりました。

紀夫からの遺言がほとんどない中、本の出版により紀夫の思いを形にできる事、家族として嬉しく思います。

今回この出版にあたり、桂書房代表 勝山様、編集 宗友様には大変お世話になりました。

この場をお借りして感謝申し上げます。

また紀夫と親交いただきました多くの皆様には、生前のご厚誼に深く感謝いたします。

あとがき

白根草の出現はまったく画期的なことであった。私は加賀藩の古書、幕末のものを蒐集していた中で「白根草」というものを中心に集めていた。ところがその中に「白根草」中本というものが混ざっていて
その時間を調べているとおそらく違ったもので中本（中は元禄期の摺物）であった。
よく調べてみるとこれが加賀藩最初の失われた「白根草」で誰も気が付かなかったのだろうと
これが100年以上未出現のものであったのである。加賀藩で出された白根草はすりも同じであった。
加賀藩俳諧研究家蔵月明氏及び歴史の好きな（推測）
人々が探していたものであった。
京の俳諧　　俳諧風の後者で
得て加賀藩に移入してのこの俳諧

大西紀夫　擱筆

大西紀夫氏　執筆一覧

１　「黒部に遊歴した俳人と黒部の俳人達」（富山県連句シンポジウム基調講演）『早稲の香』連句シンポジウム資料集（富山県連句協会）　29号　２０２２／10　Ｐ３―５

２　「県に古俳書や漢籍寄贈　富山短大・大西名誉教授「幅広く活用を」」北日本新聞　２０２２／７／26　Ｐ25

３　「黒部に遊歴した俳人と黒部の俳人達」『黒部に魅せられた人々―詩歌の世界―』黒部市歴史民俗資料館　第18回特別展　２０２２／７　Ｐ２―４

４　「大西紀夫氏寄贈予定書の調査をして」『富山県図書館研究集録』53号　２０２２／３　Ｐ１８９―１９０

５　「岩瀬の俳諧」『早稲の香』（富山県俳句協会）　28号　２０２１／９　Ｐ12―19

６　「梅室と加賀藩の俳壇―加賀蕉門の継承」『鳳朗と一茶、その時代―近世後期俳諧と地域文化―』（新典社）　２０２１／３　Ｐ１３５―１５９

７　『俳諧多磨比路飛』影印・翻刻　麦仙城・鳥岬、大西紀夫・綿抜豊昭　桂書房　２０２０／９

８　「越中の山々を漢詩に詠む／特集　山々を詠う　万葉から現代」『とやま文学』38号　２０２０／３　Ｐ２００―２０５

９　「リレーエッセイ日々雑感（１１５）　越中の絵師と絵」『ＶＩＴＡ』１１６号　２０１９／３　Ｐ28

10　「旧派の俳諧・俳人（近代）」『早稲の香』（富山県俳句協会）　24・25号　２０１８／４　Ｐ37―44

11　「大西富山短大名誉教授　幻の俳書「白根草」発見　加賀・越中の俳人の作品収録　芭蕉以前の北陸俳壇伝える」北日本新聞　２０１５／８／18　Ｐ１

12　「翻訳・翻刻　翻刻と解題『百合野集』上」『富山短期大学紀要』50巻　２０１５／３　Ｐ１―19

13　「詩人、高島高の父高島半茶について」『早稲の香』（富山県俳句協会）　22号　２０１５／３　Ｐ４―18

14　「富山県連句協会長　大西紀夫（月曜インタビュー）」富山新聞、２０１４／５／12　Ｐ２

15　「翻刻『花月集』」『富山短期大学紀要』49巻　２０１４／３　Ｐ１―８

16　「福野の俳人寺田砺山　義仲寺無名庵十二世を継ぐ」『早稲の香』（富山県俳句協会）　21号　２０１４／３　Ｐ４―23

17　「水橋の俳諧一枚摺と絵師松浦守美」『富山短期大学紀要』49巻　２０１４／３　Ｐ９―12

18「大西特任教授　新聞活用を―富山短大で最後の講義」　富山新聞　２０１４／２／11　Ｐ23

19「山中温泉の芭蕉句碑　地元同人が再興―富山短大・大西教授　建立経緯を解明―温泉街の俳諧文化裏付ける」富山新聞　２０１４／１／11　Ｐ30

20「其角の偽書簡写し　滑川で発見　赤穂浪士へ賛美にじむ―富山短大大西教授　未確認伝本と確認」北日本新聞、２０１３／12／14　Ｐ26

21「有磯海詠む　芭蕉の俳画　加賀藩絵師、旅姿描く　大西富山短大教授　高岡市内で確認」富山新聞　２０１３／11／20　Ｐ１

22「江戸後期刊行の絵俳書「画讃百類集」　第３巻あった　越中西部の俳人中心　絵師・松浦守美　手掛ける　古文書コレクターと富山短大教授が発見」北日本新聞　２０１３／10／９　Ｐ28

23「俳諧一枚摺使い商い　広告用、県内で見つかる　幕末から明治富山短大・大西特任教授調査　15人が春のめでたさ表現」富山新聞　２０１３／７／23　Ｐ35

24「正岡子規が添削した句稿本を発見した富山短大教授　大西紀夫（けさの人）」北日本新聞、２０１３／７／３　Ｐ２

25「子規の直筆添削本発見　高岡・眉丈文庫　虚子と選句　１５００句全て目通す」北日本新聞、２０１３／６／19　Ｐ１

26「人気絵師　句集にも挿絵　売薬版画・尾竹国一　多才な筆遣い大西教授（富山短大）見つける」北日本新聞、２０１３／６／５　Ｐ24

27「多忙の中　句作に邁進　詩人　高島高の父・半茶　大正の俳諧一枚摺発見　富山短大　大西教授が調査」富山新聞、２０１３／５／13　Ｐ25

28「翻訳・翻刻　翻刻と解題『鵜坂集』下」『富山短期大学紀要』48巻　２０１３／３

29「翻訳・翻刻　翻刻と解題『鵜坂集』上」『富山短期大学紀要』47巻　２０１２／３

30「郷土の俳人「西蘭」に理解　県連句協第１回月例会　大西教授が講演」富山新聞、２０１１／５／10　Ｐ19

31「新出―中島杏子宛前田普羅葉書(昭和24～26年)」『富山短期大学紀要』46巻　２０１１／３　Ｐ１―９

32「山下守胤と松浦守美の俳諧一枚摺」『富山短期大学紀要』46巻２０１１／３　Ｐ11―25

33『有磯蓑』翻刻と解題」『富山短期大学紀要』45巻　２０１０／３　Ｐ１―15

34「翻刻―能登の俳書二点」『北陸古典研究』北陸古典研究会（24）２００９／11

35「ふるさと文学講座　大西紀夫教授が講演　県郷土史会「一枚摺りで身分超え交流」　県民会館」富山新聞、２００９／11／12　Ｐ30

36「大門大橋の俳諧一枚摺　長さ１５０メートル　加賀藩随一の規

模　大西紀夫富山短大教授　石川県立図書館で発見」富山新聞、２００９／10／21　Ｐ25

37「瑞泉寺で県連句シンポジウム　大西紀夫富山短大教授が講演「番付」で俳諧が大衆化」富山新聞、２００９／９／28　Ｐ11

38「春興之句帖―解題と翻刻―」『富山短期大学紀要』44巻２００９／３　Ｐ７―12

39「高岡の文人たち」『高岡の図書館』（高岡市立中央図書館）85号２００８／３　Ｐ１

40「越中の絵入り俳諧一枚摺と絵師達」『富山短期大学紀要』43巻（１）２００８／３　Ｐ９―22

41「東岩瀬の俳諧（４）」『くらげ』６８９号　２００８／１　Ｐ31―34

42「東岩瀬の俳諧（３）」『くらげ』６８８号　２００７／12　Ｐ30―33

43「東岩瀬の俳諧（２）」『くらげ』６８７号　２００７／11　Ｐ31―34

44「東岩瀬の俳諧（１）」『くらげ』６８６号　２００７／10　Ｐ32―34

45「越中の俳諧一枚摺（５）」『くらげ』６８２号　２００７／６　Ｐ36―37

46「越中の俳諧一枚摺（４）」『くらげ』６８１号　２００７／５　Ｐ34―38

47「「近世新畸人伝」大西紀夫　自堕落先生との因縁（わが心の一冊）」北日本新聞、２００７／４／１　Ｐ８

48「越中の俳諧一枚摺（３）」『くらげ』６８０号　２００７／４　Ｐ34―37

49「越中の俳諧一枚摺（２）」『くらげ』６７９号　２００７／３　Ｐ34―37

50「越中の俳諧一枚摺（１）」『くらげ』６７８号　２００７／２　Ｐ32―35

51「越中の俳諧一枚摺を読み解く　５　高岡の堀川敬周　皆で作り上げるパワー（学窓地域に開く）」北日本新聞、２００６／12／27　Ｐ13

52「越中の俳諧一枚摺を読み解く　４　岩瀬俳壇の人々　幕末の活況物語る（学窓地域に開く）」北日本新聞、２００６／12／20　Ｐ13

53「越中の俳諧一枚摺を読み解く　３　高岡・鶯谷社中　季節移ろう感動詠む（学窓地域に開く）」北日本新聞、２００６／12／13　Ｐ13

54「越中の俳諧一枚摺を読み解く　２　山下守胤の河豚　ベテラン画家の余技（学窓地域に開く）」北日本新聞、２００６／12／６　Ｐ13

55「越中の俳諧一枚摺を読み解く　１　松浦守美の蜃気楼　春のけだるさ漂う（学窓地域に開く）」北日本新聞、２００６／11／29　Ｐ15

56 「越中の俳諧一枚摺」『富山短期大学紀要』41号　2006／3　P9―20

57 「芭蕉は何を見たか　近世文人たちの交流　山河を越えて」歴史と文化のクロスロード・富山（富山県民生涯学　2005／1　P41―52

58 「金沢における俳諧一枚摺―銭屋五兵衛周辺」『文学6（2）』2005

59 「大窪詩仏の来遊と氷見の漢詩人」『氷見市史研究』創刊号　2003／3　P87―91

60 「蘭法医・長崎浩斎の江戸遊学（2）―帰郷後の浩斎」『富山女子短期大学紀要』38輯　2003／3

61 「比較高等教育論の観点からみたビジネス実務教育」（1）（2）『富山女子短期大学紀要』35輯　2000／3

62 「蘭法医・長崎浩斎の江戸遊学（1）」『富山女子短期大学紀要』35輯　2000／3　P1―10

63 「越中の漢詩人―東林とその交遊（9）―」『秋桜』富山女子短期大学国文学会　16号　1999／3　P39―48

64 「翻刻『麻頭巾集』」『秋桜』15号　1998／3　P39―54

65 「翻刻『桃盗人』」『秋桜』富山女子短期大学国文学会　14号　1997／3　P31―49

66 「翻刻『伽陀箱』」『富山女子短期大学紀要』30輯　1995／3　P40―55

67 「翻刻『越の時雨』」『富山女子短期大学紀要』29輯　1994／3　P58―63

68 「越中俳諧年譜史を読んで」『くらげ』くらげ社　503号　1992／7　P35

69 「蔵巨水著越中俳諧年譜史を読んで」北日本新聞、1992／5／24　P9

70 「梅室の越中遊歴（天保五年）」『秋桜』（富山女子短期大学国文学会）　9号　1992／3　P43―49

71 「田中屋権右衛門の句集の発見―『其年布理』と『俳諧霜煙集』―」『氷見春秋』氷見春秋社　23号　1991／4　P51―52

72 「高岡の俳人野鶴の『やまがらす』―解題と翻刻―」『富山女子短期大学紀要』26輯　1991／3　P16―32

73 「越中の俳書「八重すさび」―解題と翻刻―」『富山女子短期大学紀要』24集　1989／3　P1―18

74 「翻刻・『春辞』（梅室文化四年の春帖）」『北陸古典研究』北陸古典研究会　3号　1988／8　P43―47

75 「東林　越中の漢詩人　東林とその交遊　2」　1982　P1―32

編者

大西 紀夫（おおにし のりお）

郷土史研究家。一九四七年、富山県東砺波郡福野町（現南砺市）生。上智大学大学院文学研究科修了。富山女子短期大学附属高校教諭、富山女子短期大学教授をつとめた。俳文学会会員、北陸古典研究会会員。富山県連句協会会長。

二〇二三年七月二十日、逝去。行年七六歳。

綿抜 豊昭（わたぬき とよあき）

筑波大学図書館情報メディア系教授。

『芭蕉二百回忌の諸相』（共編。二〇一八年、桂書房）、『越中・能登・加賀の原風景―『俳諧白嶺集』を読む―』（二〇一九年、桂新書）、『明智光秀の近世―狂句作者は光秀をどう詠んだか―』（二〇一九年、桂新書）、『加賀の狂歌師 阿北斎』（二〇二〇年、桂新書）他。

翻刻・脚注『白根草』

定価 1,500円＋税 2023年7月20日 初版発行

編　者 大西紀夫・綿抜豊昭
発行者 勝山敏一
発行所 桂書房
〒930-0103 富山市北代3683-11
TEL 076-434-4600 | FAX 076-434-4617

印　刷 モリモト印刷株式会社

底　本 『白根草 上』 富山県立図書館所蔵資料

地方・小出版流通センター扱い

ISBN978-4-86627-140-8